KÄTZCHEN-KONFUSIONEN

MISS DOLITTLES GEHEIMNIS
BAND 11

MOLLY FITZ

KATZENGEHEIMNISSE

ÜBER DIESES BUCH

Ist Octocat tatsächlich Papa geworden? Da stimmt doch was nicht!

Eines Morgens steht vor Angies und Octocats Haustür plötzlich eine Kiste mit einem Wurf kleiner Kätzchen darin. Die hungrigen Babys sind zwar absolut niedlich, jedoch bergen sie ein gruseliges Geheimnis, denn in ihrem Fell klebt jede Menge Blut …

Eigentlich hatte Charles für Angie eine große Überraschung zum bevorstehenden Valentinstag geplant, doch nun bringen die Katzenkinder alles durcheinander. Kurzerhand hilft er ihr aufzudecken, wer die kleinen Quirle dort ausgesetzt hat und warum ihre Pfoten blutverschmiert sind. In der Zwischenzeit muss Octocat den Babysitter spielen, und darüber ist der nicht gerade begeistert.

Werden sie es gemeinsam schaffen, die Kätzchen zu versorgen, ein neues Zuhause für sie zu finden und obendrein ihr Geheimnis zu lüften, damit der Valentinstag doch nicht komplett ins Wasser fällt? Es klingt fast unmöglich, aber auch nur fast …

ANMERKUNG DER AUTORIN

Hallo. Danke, dass du dieses Buch gekauft hast. Wenn du ebenfalls ein großer Fan von spannenden, schrägen Tierkrimis bist, sollten wir unbedingt Freunde werden.

Wie wäre es, wenn du direkt einmal meine Facebook-Seite besuchst, die ich speziell für meine treuen deutschen Leser eingerichtet habe? Hier der Link dazu: **Facebook.com/Katzengeheimnisse**

Oder melde dich für meinen Newsletter an und sichere dir als Abonnent gratis ein digitales Geschenkpaket, einschließlich einer exklusiven Kurzgeschichte über Octocat: **Katzengeheimnisse.com/Abonnieren**

Ich bin sicher, wir werden eine Menge

Spaß miteinander haben. Also schnell umblättern …

Wir sehen uns dann auf der nächsten Seite.

MOLLY

1

Hallo, mein Name ist Angie Russo. Ich war früher Anwaltsgehilfin, aber jetzt bin ich Vollzeit-Privatdetektivin – zumindest theoretisch.

Bislang hatten wir nur etwa einen Fall pro Monat, und keiner davon war wirklich ordentlich bezahlt. Zum Glück verfügt mein Kater über einen sehr großzügigen Treuhandfonds, den er von seiner früheren Besitzerin geerbt hat, was die Sache im Moment enorm erleichtert.

Oh, und meine Fellnase kann sprechen. Aber nicht mit jedem, nur mit mir. In Anbetracht der Tatsache, dass er mich ständig nur kritisiert und mir ungebetene Ratschläge erteilt, hätte er sicher auch gar keine Zeit, sich mit jemand anderem zu unterhalten, selbst wenn er es könnte.

Habe ich schon erwähnt, dass „Octocat", so heißt er, noch dazu mein Geschäftspartner ist? Ja echt, wir ermitteln stets im Team.

Mein Lebenspartner ist ein attraktiver, kluger und stets hilfsbereiter Anwalt namens Charles Longfellow, ein wirklich lieber Kerl. Er ist mein „Süßer", Octocat hingegen bezeichnet ihn gerne als „Kotzbrocken".

Wahrscheinlich muss ich mir bald einen Deal überlegen, damit mein Herr Kater mit diesem Unsinn aufhört. Der Valentinstag steht vor der Tür, und ich möchte nicht, dass er uns dazwischenfunkt und uns womöglich den Tag ruiniert.

Möglicherweise ist Octocat an diesem besonderen Tag jedoch mit seinem eigenen Date beschäftigt. Er führt nämlich eine Fernbeziehung mit einem ehemaligen Katzenshow-Model, Grizabella. Ich glaube, verliebter könnten zwei Katzen nicht sein. Zu allem Überfluss reibt er mir immer wieder unter die Nase, wie viel besser seine Beziehung ist als meine.

Ein verrückter Kerl, oder?

Und ich habe auch noch einen Hund – einen kleinen Chihuahua aus dem Tierheim namens Paisley. Sie gehört eigentlich meiner Großmutter, aber wir leben ja alle zusammen.

Paisley ist so süß wie eine doppelte Portion Karamelleis mit Streuseln und Schokoladensauce. Manchmal ist sie zu gutgläubig, was die Absichten der Menschen angeht, weshalb sie nicht immer die beste Spürnase abgibt, wenn wir gemeinsam Verbrechen aufklären.

Grandma hingegen kann bei unseren Fällen auf ihren riesigen Schatz an Lebenserfahrung zurückgreifen und hat meistens eine ungewöhnliche Lösung parat. Als ehemalige Broadway-Schauspielerin besitzt sie für jeden Anlass das passende Kostüm und kommt stets ein wenig extravagant daher. Das liebe ich an ihr.

Eine Art Hassliebe verbindet mich dagegen mit dem dreisten Waschbären, der in meinem Garten wohnt. Sein Name ist Pringle, und vor einiger Zeit hat er heimlich auf unserem Dachboden herumspioniert und dabei ein lange gehütetes Familiengeheimnis zu Tage gefördert, dass wir bis jetzt noch nicht völlig aufgeklärt haben. Die Schnüffelei hat er allerdings wieder gutgemacht, indem er mir vor ein paar Wochen tatsächlich das Leben gerettet hat.

Als Dankeschön erlaube ich ihm neuerdings, ins Haus zu kommen, wann immer er will, und das ist ziemlich oft. Seitdem ist unsere Lebensmittelrechnung in die Höhe geschnellt und Pringle inzwischen kugelrund – kein Wunder, bei all dem Junkfood, das er täglich in sich hineinstopft.

Manchmal wünschte ich, ich hätte nie diese Nahtoderfahrung gemacht, die mir die Fähigkeit verlieh, mit Tieren zu sprechen, aber dann rufe ich mir all die erstaunlichen Dinge ins Gedächtnis, die mein Leben seither bereichern. Das Beste davon ist sicher meine Freundschaft mit Octocat, aber das behalte ich lieber für mich, denn er zeigt mir auch nur selten, dass er mich verdammt gut leiden kann. Doch wenn er es mal tut, strahle ich den ganzen Tag wie ein Honigkuchenpferd.

Und das bringt mich zum heutigen Tag: Es ist schon wieder eine Weile her, dass mein Kater sich dazu herabließ, sich von mir streicheln zu lassen. Meine Eltern sind seit drei Tagen auf einer luxuriösen Alaska-Kreuzfahrt, und ich hatte keinen neuen Ermittlungsauftrag mehr, seitdem der Bürgermeister mich letzten Monat engagierte, um seinen vermissten Golden Retriever aufzuspüren.

Ob ich mir ein neues Hobby zulegen sollte? Das habe ich mich schon öfters gefragt, während ich so auf unseren nächsten großen Fall warte, der sich hoffentlich bald auftun wird. Mit Werbung habe ich es schon versucht, aber das war ein ziemlicher Reinfall. Was könnte ich denn noch anstellen?

Mist.

Vielleicht sollte ich wieder zur Uni gehen und einen Bachelor in Kriminalistik oder so machen. Ich habe sieben Associate Degrees, also quasi halbe Bachelor-Abschlüsse, weil mich schon immer so viele verschiedene Sachen interessiert haben, zu viele, um mich mehrere Jahre lang auf ein bestimmtes Gebiet zu konzentrieren. Aber jetzt, wo ich Privatdetektivin bin, kann ich mir kein anderes Leben mehr vorstellen. Würde ein entsprechender Abschluss dazu beitragen, das Vertrauen potenzieller Kunden zu stärken?

Oder vielleicht könnte ich eines Tages damit sogar bei der Polizei als angestellte Ermittlerin anfangen? Ob sie mich dort statt mit einem menschlichen Kollegen mit meinem Kater zusammenarbeiten lassen würden? Wenn nicht, wäre das definitiv ein Hinderungsgrund.

Puh, so viele Optionen, aber keine davon scheint mir die richtige zu sein.

Dabei hat mir mein Bauchgefühl im Grunde schon zugeflüstert, was ich tun sollte, bloß ist das genau die Option, die ich eigentlich partout vermeiden möchte.

Mein Freund Charles hat mir mehr als einmal angeboten, dass er mich in seiner Kanzlei einstellen könnte, um an seinen Fällen mitzuarbeiten. Aber wäre das eine gute Idee? Sicher, Charles war ein guter Chef, als ich noch Assistentin dort war – so haben wir uns anfänglich auch kennen und lieben gelernt.

Jedoch hat sich unsere Beziehung seitdem so viel weiterentwickelt, und ich habe ehrlich gesagt Bedenken, dass unsere wunderbare Verbindung darunter leiden könnte. Außerdem fühlt es sich wie ein gewaltiger Rückschritt an, in die Anwaltskanzlei zurückzukehren, auch wenn ich dann eine andere Position innehätte.

Ich glaube, ich bin im Moment etwas verwirrt und weiß einfach nicht genau, was ich tun soll. Vielleicht sollte ich meinen Kater bitten, für mich zu entscheiden.

* * *

Octocat musterte mich mitleidig von seinem Platz auf meinem Nachttisch aus.

Er zuckte unruhig mit dem Schwanz und stieß dabei ein Döschen mit Kopfschmerztabletten um, das scheppernd zu Boden fiel. „Ich sehe, du brauchst schon wieder meinen Rat."

Eigentlich hatte ich vor dem Schlafen noch ein paar Seiten lesen wollen, dann jedoch mein Problem angesprochen, und wie erwartet hatte er eine ganze Menge zu sagen.

„Also, jetzt mal Butter bei die Fische", fuhr er fort, während seine Schwanzspitze wie ein Metronom hin und her pendelte. „Alles, was du hast, verdankst du im Grunde mir. Das Haus. Den Job. Den Freund. Muss ich noch mehr anführen?"

Schon wollte ich ihm widersprechen, doch ich schluckte es hinunter, denn traurig, aber wahr: Er hatte recht. Und ich hasste es, dass er recht hatte.

„Was soll ich also deiner Meinung nach tun?", fragte ich mit skeptischer Miene.

„Ist das nicht offensichtlich?" Er kniff die Augen zusammen und seufzte dann: „Oh, richtig, ich vergaß, du meintest ja, das sei unter deiner Würde."

Ich widerstand dem Drang, ihn rauszuschmeißen, um endlich Ruhe zu haben, sodass er unbeirrt mit seinem Vortrag fortfuhr. Dass mich seine Worte verletzten, schien er überhaupt nicht zu bemerken. „Der Kotzbrocken hat dir doch ein Angebot gemacht, und ich denke, du solltest es annehmen."

„Nenn ihn nicht so", grummelte ich.

Er verdrehte seine großen, bernsteinfarbenen Augen. „Du brauchst mehr Erfahrung und Referenzen, und er bietet dir an, dir dabei zu helfen. Und es geht hier schließlich nicht nur um *dich*."

Ich biss mir auf den Daumennagel und seufzte resigniert. „Okay, ich werde gleich morgen mit ihm reden."

Mit diesem Ergebnis schien mein Haustiger zufrieden zu sein. „Gibt es noch andere Bereiche in deinem Leben, die ich heute Abend für dich in Ordnung bringen soll, oder kann ich mich jetzt meinen nächtlichen Pflichten widmen?"

„Welche nächtlichen Pflichten?" Davon hörte ich zum ersten Mal. Zwar unterstützte er mich mitunter bei der Lösung von Fällen, doch ansonsten machte er tagsüber nie viel. Sollte er nachts tatsächlich deutlich aktiver sein?

„Ach, weißt du … Meinen Lieblingsplatz auf der Couch warmhalten. Alle Theken und Tische inspizieren, um sicherzustellen, dass sie noch stabil sind. Das Haus vor Geistern beschützen. Aufpassen, dass die …"

„Moment, was war das gerade? Das Haus vor Geistern beschützen?"

Er starrte mich fassungslos an, als wäre meine Frage völlig abwegig gewesen. „Ja. Wusstest du das nicht? Nur Katzen können sie sehen."

Ich musterte ihn eine Sekunde lang, um festzustellen, ob er es ernst meinte, aber sein Blick blieb ausdruckslos.

„Gibt es wirklich Geister?", fragte ich ungläubig. Obwohl ich selbst so etwas wie eine magische Fähigkeit besaß, fiel es mir schwer zu glauben, dass übernatürliche Wesen unter uns wandelten wie in einem Märchen.

Mein Kater gähnte, und sein ekliger Thunfischatem schlug mir ins Gesicht. „Du wirst sie wohl niemals zu Gesicht bekommen", erwiderte er schnippisch, bevor er vom Nachttisch hüpfte und aus dem Zimmer trottete.

Geister, ja? *Hm.* Irgendetwas sagte mir, dass ich in dieser Nacht nicht so gut schlafen würde.

2

Es war Samstag, und ich hatte mich darauf gefreut, auszuschlafen und entspannt ins Wochenende zu starten. Grandma jedoch hatte andere Pläne. Sie kam in aller Herrgottsfrühe in mein Zimmer und postierte sich vor meinem Bett, einen Kaffeebecher in der Hand. „Raus aus den Federn!", trällerte sie und strahlte mich an.

Ich wischte mir den Schlaf aus den Augen und hievte mich in eine sitzende Position, was jedoch sehr unbequem war, da das Kopfteil meines altmodischen Betts aus hölzernen Gitterstäben bestand – ein unsanftes Erwachen.

Grandma drückte mir den Becher in die Hand, der so voll war, dass ich mich fragte, wie sie es geschafft hatte, ihn heraufzutragen, ohne etwas zu verschütten. Als ich ihn entgegennahm, schwappte ein Teil des heißen Getränks über den Rand und auf meine Bettdecke.

In diesem Moment sauste Paisley herein. „Guten Morgen, Mami!", bellte sie, bevor sie ein fröhliches Kinderlied über ein schlaues Hündchen anstimmte.

Das war mir alles viel zu viel Lärm am frühen Morgen, zumal ich noch nie ein Morgenmensch gewesen bin.

„Was wollt ihr denn?", murrte ich, vielleicht ein bisschen zu genervt.

Grandma kniff die Augen zusammen. „Werd nicht frech, Liebes. Ich gehe jetzt gleich zu meinem neuen Bootcamp-Kurs."

„Danke der Nachfrage, aber ich habe kein Interesse", stöhnte ich und versuchte, einen Schluck Kaffee zu nehmen, verschüttete aber nur noch mehr.

Meine Großmutter schüttelte den Kopf. „Gut. Du könntest auch nicht mitkommen. Ich hatte ja schon Glück, dass ich noch einen freien Platz ergattert habe. Normalerweise gibt es für diesen Kurs eine sechsmonatige Warteliste, aber irgendwie konnten sie mich ich in letzter Minute noch einschieben."

„Was willst du denn dann?", stieß ich matt hervor, während ich auf das dampfende Getränk pustete.

Daraufhin hob sie beide Arme und antwortete mit

einer ausladenden Geste in meine Richtung: „Ich wollte dir nur deinen Kaffee bringen."

Ich betrachtete den Becher in meiner Hand und nickte dankend. Grandma brühte ihn immer für mich auf, denn ich hatte ja bekanntlich Angst vor Kaffeemaschinen. Es mag albern klingen, aber nach meinem Nahtoderlebnis im letzten Jahr, das ich einem solchen Gerät zu verdanken hatte, konnte ich mich diesen Dingern einfach nicht mehr nähern. Natürlich hatte ich danach auch andere Getränke ausprobiert, um meine Koffeinsucht zu stillen, aber keines davon kam an eine gute alte Tasse Kaffee heran.

„Viel Spaß bei deinem Kurs", wünschte ich ihr betont freundlich, denn ich hatte bereits ein schlechtes Gewissen, weil ich sie gerade so angeblafft hatte.

Blitzschnell streckte Grandma die Arme in Schulterhöhe nach vorn und vollführte eine Kniebeuge. „Werde ich haben", antwortete sie grinsend. „Du weißt ja, wer schön sein will, muss leiden."

„Du bist doch schön genug, Grandma", murmelte ich. Obwohl ich vor einiger Zeit begonnen hatte, ein paar Mal die Woche mit ihr joggen zu gehen, war sie immer noch viel besser in Form als ich, und man sah das ihrem Körper auch an, Falten hin oder her.

Sie drehte sich um und wackelte mit dem Po, der in einer rosa Velours-Jogginghose steckte. „Ich will straffer werden. Wenn Grant mich endlich um ein offizielles Date bittet, möchte ich bereit sein."

Mir schauderte bei dem Gedanken. Ich war zwar froh, dass meine Großmutter in Mr. Gable einen guten Freund gefunden hatte, aber ich wollte auf keinen Fall darüber nachdenken, warum sie für diese Freundschaft einen straffen und durchtrainierten Po brauchte.

„So, ich bin dann mal weg!", zwitscherte sie, und schon entschwand sie nach unten, mit Paisley dicht auf den Fersen.

Ich nippte an meinem Kaffee und überlegte, was ich mit dem Tag anfangen wollte. Früher hatte ich die Samstage immer am liebsten gemocht, aber jetzt, da ich selbständig war, fühlte sich auf einmal jeder Tag wie Arbeit und Urlaub zugleich an – jedoch eher wie ein Zwangsurlaub, weil ich nicht genug zu tun hatte.

Seufz.

„Morgen, Shrimpy." Octocat erschien mit einem selbstzufriedenen Ausdruck in der Tür.

Ich hob fragend eine Augenbraue. „Warum Shrimpy?"

„Warum nicht? Ihr Menschen nennt euch doch

auch gegenseitig *Honey*, *Süßer*, *Zuckerschnecke* und so, also dachte ich mir, ich nenne dich nach einem Essen, das *ich* mag."

Da mein Kater Shrimps über alles liebte, war ich sehr gerührt – und auch froh, dass niemand außer mir seinen seltsamen neuen Spitznamen für mich gehört hatte.

Er lächelte so vergnügt, dass seine Schnurrhaare zuckten, und begann daraufhin, sich genüsslich in einem breiten Sonnenstrahl auf dem Fußboden zu räkeln. Er sah wirklich happy aus – zu happy.

„Kann ich dir irgendwie helfen?", fragte ich, weil mich plötzlich ein ungutes Gefühl beschlich.

Er nahm eine verrückte Pose ein, die an eine Yogaübung erinnerte, und sprang dann neben mich aufs Bett. „Ich dachte schon, du würdest nie fragen."

Oh-oh.

„Da wir im Moment keine Fälle zur Aufklärung haben, dachte ich mir, dass es doch ein günstiger Zeitpunkt wäre, Grizabella zu besuchen."

Ich verschluckte mich fast vor Schreck. „Aber sie lebt in Colorado. Mit dem Auto braucht man ewig bis dahin. Und außerdem, wie sollte ich das denn ihrer Besitzerin erklären?"

„Christine ist *nicht* ihre Besitzerin", widersprach mein Kater mit Nachdruck. „Du weißt doch genauso gut wie ich, dass die Katze immer der Boss ist.“

„Natürlich, wer sonst.“

Octocat schüttelte enttäuscht den Kopf, dann wandte er sich wieder zu mir und beäugte mich mit einem verschmitzten Grinsen. „Was Christine betrifft, bin ich mir sicher, dass dir während der langen Fahrt etwas einfallen wird.“

Mit diesen Worten erhob er sich, den Schwanz hoch aufgereckt, und stolzierte davon.

„Hey, warte mal“, rief ich ihm hinterher, bevor er die Tür erreichte.

Er warf mir einen Blick über die Schulter zu. „Ja?“

„Ich glaube nicht, dass wir es im Moment schaffen, Grizabella zu besuchen.“

„Warum nicht? Es ist ja nicht so, als hättest du etwas zu tun.“

Autsch. Da hatte er mich. „Ich denke nicht, dass ...“

„Nein, das hat nichts mit Denken zu tun. Die Wahrheit ist, dass *du es nicht willst,* aber am Freitag ist Valentinstag und ich habe meine bezaubernde Grizz seit Thanksgiving nicht mehr in natura gesehen.“

Ich setzte mich höher im Bett auf, in der Hoffnung, durch die veränderte Körperhaltung überzeugender zu wirken. Natürlich unterstützte ich Octocats Beziehung und wollte, dass er glücklich war, aber diese Forderung war ein bisschen viel verlangt.

„Ja, es ist Valentinstag!", entgegnete ich mit fester Stimme. „Und ich habe schon etwas vor – mit Charles."

„Nein, hast du nicht."

„Woher willst du das wissen?"

Er atmete tief durch. „Wenn du schläfst, durchstöbert Pringle dein Handy und liest mir alles vor."

Mir blieb beinahe das Herz stehen. „Was?!", stieß ich entsetzt hervor. „Was meinst du mit *alles*?"

Er schmunzelte. „Ach, du weißt schon … Deine Nachrichtenchats, E-Mails, Status-Updates und so was. Und weder du noch der Kotzbrocken haben bisher irgendwelche Pläne für den Valentinstag erwähnt."

Ich saß in der Patsche, hoffnungslos in der Patsche. Doch vor allem überkam mich eine Mordswut. „Du kannst nicht einfach in meinen privaten Sachen herumschnüffeln!"

Octocat lachte in sich hinein. „Du bist mein Mensch. Es sollte keine Geheimnisse zwischen uns geben." Und damit verschwand er.

Ich nahm noch einen Schluck Kaffee, der jedoch

bereits kalt war. So sehr ich meinen herrischen, anmaßenden Kater auch liebte, eine spontane Reise quer durchs Land kam im Moment nicht infrage. Außerdem hatte Grizabellas Mensch, Christine, keine Ahnung, dass ich mit Katzen sprechen konnte.

Ich musste einen Ausweg aus dieser Situation finden – und dringend das Passwort meines Telefons ändern.

3

Nur zu gerne hätte ich mich noch mal umgedreht und ein Weilchen geschlafen, aber die ganzen Kaffeeflecken auf der Bettdecke störten mich zu sehr. Außerdem wollte ich Octocat nicht in seiner Ansicht bestärken, dass ich nichts zu tun hätte und ihn deshalb zu seiner Freundin nach Colorado fahren könnte. Er glaubte ja wohl ohnehin schon, ich würde meine Zeit vertändeln, und wenn ich heute nur faul herumläge, würde das seine Theorie bestätigen.

Hmm. Ich könnte ja einen neuen Fall erfinden, damit er abgelenkt war und die Idee mit dem Besuch bei Grizabella wieder vergaß. Andererseits ließ sich dieser Kater nicht so schnell austricksen. Vielleicht könnte ich bis Freitag einen echten Auftrag an Land ziehen. Das müsste ich doch irgendwie hinkriegen, oder etwa nicht?

Ratlos stapfte ich die Treppe hinunter in die erste Etage und fand Octocat in seinem neuen Zimmer, wo er auf dem gigantischen Aquarium thronte, das ich ihm kürzlich gekauft hatte.

Das Reich meines Katers mit den üppigen, seidigen Kissen und der barock anmutenden Einrichtung war schöner als mein eigenes Zimmer. Es erinnerte außerdem an ein Pariser Bordell aus dem achtzehnten Jahrhundert – zumindest stellte ich es mir so ähnlich vor.

Wie dem auch sei, auf jeden Fall fühlte ich mich in diesem Raum immer völlig fehl am Platz, sodass ich ihn dort lieber in Ruhe ließ. Umgekehrt tat er mir leider nicht den Gefallen.

Dennoch musste jemand seine Fische füttern – und es war besser, wenn dieser Jemand nicht in Versuchung geriet, die Tierchen zu fressen, sobald der Deckel des Beckens geöffnet wurde.

„Ich habe dir doch gesagt, dass ich damit allein klarkomme", murrte mein Kater, als ich mit dem Fischfutter anrückte.

Ich zuckte mit den Schultern. „Ja doch. Aber wenn's geht, möchte ich verhindern, dass in meinem Haus Katastrophen passieren."

„In *meinem* Haus", erwiderte er mit einem ärgerlichen Schniefen. „Und wovon sprichst du? *Katastrophe* ist im Grunde dein zweiter Vorname."

„Mag sein. Ich bezweifle jedoch, dass es deinen Fischen gefallen würde, wenn du deine Pfoten in das Becken tauchst und mit deinen kleinen, scharfen Krallen nach ihnen schlägst."

Octocat sprang von seinem Platz auf dem Aquarium hinunter und hob eine Pfote an die Brust. „Was nennst du hier *klein?* Ich bin zutiefst verletzt, und meine Fische ebenso. Sie haben übrigens alle Namen, weißt du, und ich wäre dir dankbar, wenn du sie benutzen würdest."

Obwohl ich mich regelmäßig mit Haustieren und auch einigen Bewohnern des Waldes unterhielt, hatte ich Octocats Fische noch nie etwas anderes sagen hören als „blubb-blubb". Wollte er mich an der Nase herumführen? Andererseits, wenn Säugetiere und Vögel sprechen konnten, warum Fische dann nicht auch?

Grübelnd streute ich das Flockenfutter in das Becken und schloss die Klappe schnell wieder, damit der Kater nicht auf dumme Gedanken kam.

Sogleich sprang Octocat wieder auf den Deckel und verrenkte sich den Kopf, um durch die kleine Öffnung am Wasserfilter direkt ins Becken zu spähen. Da konnte ich mir die Frage nicht mehr verkneifen: „Wie heißen deine Fische denn nun?"

Er antwortete nicht und sah mich nur augenzwinkernd an, was ich erwiderte. „Du hast mich eben gebeten, sie mit Namen anzureden, also verrat sie mir doch bitte."

Daraufhin hüpfte er auf den Boden und setzte sich neben mich. Seine Augen folgten dem größten Aquariumbewohner, der gemächlich im Becken herumschwamm. „Siehst du den großen Orangefarbenen? Das ist Tasty."

„Aha. Und der Gestreifte?"

Er lächelte und verfolgte besagten Fisch mit den Augen. „Das ist Yummy. Und der da drüben heißt Delicious."

Kopfschüttelnd unterbrach ich ihn: „Octocat, das ist makaber. Ich werde nicht zulassen, dass du sie verspeist. Sie sind deine Haustiere."

„Angela", sagte er gespielt entsetzt. „Wer sagt, dass ich sie essen will?"

„Du!", erwiderte ich, doch in dieser Sekunde wurden wir von einem fröhlichen Singsang unterbrochen, der durchs Haus schallte. Es musste die Türklingel sein, allerdings erkannte ich die Melodie nicht. Grandma hatte sie vermutlich kürzlich geändert – irgendein Doo-Wop-Song, bloß war diese Musik so gar nicht mein Ding.

„Das klären wir noch", ließ ich den Kater wissen, bevor ich nach unten rannte.

Vor der Haustür stand meine bessere Hälfte, Charles, mit einem breiten Grinsen im Gesicht. Er schlang sofort die Arme um mich und gab mir einen dicken Kuss.

„Igitt. Habt ihr denn kein Zuhause?", klagte Octocat, der gerade die Treppe herunterkam.

Ich lächelte, als Charles sich wieder von mir löste.

„Doch, aber du gleich nicht mehr", antwortete ich meinem gehässigen Tiger.

Charles zog verwirrt die Augenbrauen hoch. „Was meinst du? Oh, ach so. Du hast mit dem Kater geredet, richtig?"

„Sorry. Er ist mal wieder ziemlich frech, aber jetzt bin ich ganz bei dir." Ich errötete und strich mir eine lose Haarsträhne hinters Ohr. Manchmal vergaß ich, dass andere Leute nur meine Worte verstehen konnten, wenn ich mit den Tieren sprach. „Schön, dass du da bist. Was für eine Überraschung am frühen Morgen!"

„Ich dachte, wir könnten den Tag zusammen verbringen, wenn du willst."

„Und ob, das fände ich mega!" Ich gab ihm einen noch viel längeren Kuss.

Octocat stolzierte demonstrativ davon, blieb jedoch nach ein paar Schritten stehen und tat so, als ob er sich übergeben müsste, nur dass sein vorgetäuschtes Würgen plötzlich zu einem sehr realen Bedürfnis führte, seinen Magen zu entleeren.

„Bah, das ist ja widerlich!", rief ich, als der stinkende Brei nur wenige Zentimeter neben meinem linken Fuß landete.

„Wem sagst du das", erwiderte Octocat, bevor er in Richtung Küche trottete und mich neben seiner Kotzlache stehenließ.

„Das ist ja romantisch", kommentierte Charles die Szene grinsend.

„Nicht wahr?" Zum Glück hatten wir für derartige Unfälle immer Reinigungsspray und eine Küchenrolle im Garderobenschrank auf Lager, die ich mir jetzt holte.

„Es ist in Ordnung, wenn heute nicht alles perfekt läuft", versicherte mir mein Freund und nahm das schmutzige Bündel Papiertücher von mir entgegen. „Schließlich ist bloß Samstag. Viel wichtiger ist der kommende Freitag."

„Wieso, was ist denn ..." Ich hielt inne, als ich Charles' Stirnrunzeln und seine ernste Miene bemerkte. „Valentinstag, natürlich. Ich bin schon ganz aufgeregt.“

Ich war zwar nicht sonderlich romantisch veranlagt, aber ich liebte es, dass Charles es war.

„Das wird unser erster gemeinsamer Valentinstag, und ich will, dass er etwas Besonderes wird.“ Dann eilte er in die Küche, um die schmutzigen Tücher in den Müll zu werfen.

„Okay. Was könnten wir denn unternehmen?“, fragte ich mit einem unschuldigen Lächeln, als er Sekunden später wieder auftauchte.

„Überlass das mal mir. Ich habe schon alles geplant.“

„Cool. Erzählst du es mir?“

„Nein, es ist eine Überraschung.“ In seinen Augen blitzte etwas auf, und ich bekam Schmetterlinge im Bauch, zum einen wegen Charles und zum anderen, weil ich immer ein bisschen nervös wurde, wenn ich nicht wusste, was mir bevorstand.

„Solange du nicht vorhast, mir einen Antrag zu machen“, rutschte es mir scherzhaft heraus.

Seine Gesichtszüge schienen einzufrieren, sodass mein Puls auf gefühlte eine Million Schläge pro Minute hochschnellte.

„Oh“, raunte ich, weil mir die Worte fehlten.

Mein Freund griff sich mit der Hand in den

Nacken und starrte zu Boden. „Ähm, ich wollte eigentlich bis Freitag warten, aber ...“ Er verstummte, kniete sich plötzlich vor mir hin und blickte dann mit leuchtenden, hoffnungsvollen Augen zu mir auf.

„Charles, ich ...“ *Ogottogott.* Was sollte ich ihm denn jetzt sagen?

Ich liebte ihn. Ich wollte mit ihm zusammen sein. Aber ich wollte noch nicht heiraten. Nicht, bevor ich mein Leben und mein Geschäft besser im Griff hatte.

Er fuhr sich mit der Zunge über die Lippen, nahm meine Hand in seine und brach dann in Gelächter aus. „War nur ein Scherz!“

Auch Octocat, der uns offenbar beobachtet hatte, lachte schallend. „Haha! Vielleicht ist der Kotzbrocken doch nicht so verkehrt“, murmelte er.

Und so sehr ich seine abfälligen Bemerkungen über meinen Freund auch hasste, noch unerträglicher erschien mir der Gedanke, dass mein Kater und Charles sich gegen mich verbündeten.

Glücklicherweise hatte Charles keine Ahnung, was Octocat gerade gesagt hatte. Ich würde es ihm auch nicht verraten.

4

Charles kochte uns eine Kanne Kaffee, und ich wärmte derweil eine Ladung von Grandmas selbstgebackenen Muffins in der Mikrowelle auf.

„Hast du wirklich den ganzen Tag frei?", fragte ich ungläubig.

„Nicht frei", erwiderte er, während er seinen bevorzugten Coffee Creamer mit Karamellgeschmack aus dem Kühlschrank nahm und mir im nächsten Moment ein breites Grinsen zuwarf. „Ich verbringe ihn mit dir."

„Ja gut, aber normalerweise ist es doch so, dass du dir nicht mal einen halben Tag freinehmen kannst, geschweige denn einen ganzen."

„Tja, ich bin dabei, einige Veränderungen in der

Kanzlei vorzunehmen, damit ich mich mehr auf die wesentlichen Dinge konzentrieren kann."

„Ein Hoch auf die Work-Life-Balance! Ich habe sozusagen das gegenteilige Problem. Zu viel Freizeit und nicht genug Arbeit."

„Hmm. Dann sollten wir uns vielleicht in der Mitte treffen." Er zwinkerte mir vielsagend zu, was mich erneut erröten ließ.

„Entschuldigung", rief Octocat vorwurfsvoll, der zu uns in die Küche gekommen war und in seine halbleere Wasserschüssel starrte.

Ich drehte mich zu ihm um. „Ja, Eure Königliche Hoheit?"

„Oh, das gefällt mir", murmelte mein Tiger und schnippte verzückt mit dem Schwanz. „Endlich redest du mich gebührlich an."

„Das war …", begann ich, verschluckte jedoch das „ironisch gemeint" gerade noch rechtzeitig. Wenn ich einen friedlichen Tag mit Charles verbringen wollte, musste ich unnötige Auseinandersetzungen mit Octocat heute unbedingt vermeiden.

„Was möchtest du denn?", erkundigte ich mich nun zuckersüß. Je eher ich dafür sorgte, dass er bekam, was er wollte, desto eher würde er Charles und mich in Ruhe lassen. Ein paar gemeinsame Stunden, und zwar *ungestörte* Stunden, hatten wir nämlich dringend nötig.

„Ich brauche dich, um mein iPad in den Vormittagssonnenfleck zu bringen. Ich habe gleich ein Gespräch mit Grizabella, und da darf ich nicht zu spät kommen."

„Okay, gib mir eine Sekunde", sagte ich über das Piepen der Mikrowelle hinweg.

„Nicht erst in einer Sekunde, sondern jetzt gleich." Octocat stampfte mit einer Vorderpfote auf und starrte mich mit seltsam aufgerissenen Augen an. „Ich werde ihr von unserem Besuch nächste Woche erzählen. Ich kann es kaum erwarten, den Ausdruck in ihrem hübschen Gesicht zu sehen, wenn sie es erfährt ..."

„Nein!", unterbrach ich ihn, vielleicht ein wenig zu nachdrücklich.

Der Kopf meines Katers flog herum, als hätte er eine Ohrfeige bekommen. „Was meinst du mit *Nein?*"

Anscheinend hatte ich dieses Wort nicht oft genug benutzt, da ihm offenbar nicht klar war, was es bedeutete oder dass es überhaupt eine mögliche Antwort auf eine seiner vielen Forderungen sein könnte. *Oh-oh.* Ich musste mir schnell etwas einfallen lassen, bevor er mich entweder überlisten oder mir solche Schuldgefühle machen würde, dass ich doch nachgab.

„Ich habe gerade mit Charles gesprochen, und du hattest recht. Er hat tatsächlich Arbeit für uns in der Kanzlei. Wir können also nicht wegfahren, weil wir am Montagmorgen in aller Frühe loslegen müssen."

Er reckte seinen Schwanz in die Höhe und krümmte ihn zu einem Fragezeichen. „Ist das so?"

Ich stupste Charles in die Rippen, und er nickte, obwohl er nicht wusste, worum es ging.

„Hmm, ich denke, das ist gut", räumte Octocat einen Moment später ein. „Ich fand den St. Patrick's Day im März sowieso schon immer viel romantischer. Grün ist eine viel schönere Farbe als Rosarot, und angeblich soll man da doch das Gold am Ende des Regenbogens finden. Das wäre doch mal was, oder?"

Ich lachte nervös. „Ja, stimmt, das wäre ein Ding."

Er nickte und blickte in Richtung Wohnzimmer. „Dann kannst du den schmalzigen Valentinstag meinetwegen haben. Und nun zu meinem dringenden Anliegen."

Auch wenn ich ihm die Idee nicht komplett ausgeredet hatte, war es mir immerhin gelungen, die ewig lange Autofahrt um einen weiteren Monat zu verschieben. Das war zumindest ein Teilerfolg. „In Ordnung. Ich hole dir dein iPad."

„Worum ging es bei euch gerade eigentlich?", erkundigte sich Charles, nachdem ich Octocat zufriedengestellt hatte.

„*Pst*", zischte ich. „Er kann dich noch hören."

Charles lehnte sich dicht zu mir herüber und flüsterte in mein Ohr: „Du bist süß, wenn du dich mit deinem Kater streitest, weißt du das?"

Meine Knie wurden zu Wackelpudding, während sein Mund meinen Hals hinabwanderte und ihn mit zärtlichen Küssen bedeckte. „Hör auf damit, du Schuft."

Er ließ von mir ab und lachte in sich hinein.

Während er unseren Kaffee fertig machte, holte ich mein Telefon hervor und schrieb ihm eine Nachricht. Einen Moment später summte es in Charles' Gesäßtasche. „Nanu? Ist die von dir?"

Ich verdrehte die Augen und deutete mit dem Kopf auf das Handy in seiner Tasche. Ja, es war schon etwas albern, ihm zu schreiben, während wir uns im selben Raum befanden, aber ich wollte nicht riskieren, dass Octocat mitbekam, was ich ihm sagen wollte.

Der Blick meines Freundes huschte über das Display, und seine Lippen bewegten sich beim Lesen.

Du musst uns mit einem Fall beauftragen. Egal,

wenn nur Fake. Hauptsache, wir sind beschäftigt. Sonst zwingt er mich, ihn nach Colorado zu fahren.

Er schnaubte und tippte zurück: *Wieso willst du nicht nach Colorado?*

Ich würde den Valentinstag verpassen.

Das kann ich nicht zulassen, schrieb er, steckte sein Handy wieder in die Gesäßtasche und schloss mich in die Arme.

„Danke", flüsterte ich, an seine Schulter gelehnt.

In diesem Moment traf mich etwas hart am Hinterkopf. Ich wirbelte herum und war nicht wirklich überrascht, Pringle mit seiner Nerf-Gun dort stehen zu sehen, die immer noch direkt auf mich gerichtet war.

„Du sollst mit dem Ding doch nicht auf mich schießen", erinnerte ich den Waschbären seufzend.

„Wie hätte ich dich sonst von deinem Loverboy ablenken sollen?" Die kleine Nervensäge verschränkte die Arme und feuerte jetzt zumindest nur noch böse Blicke aus seinen dunklen Knopfaugen auf mich ab.

„Was willst du?" Warum mischten sich meine Tiere eigentlich ständig in mein Liebesleben ein? Ich hatte ohnehin schon kaum Zeit mit Charles und deshalb absolut keine Lust, den ganzen Tag den Diener für die kleinen Pelzviecher zu spielen. Wenigstens war Paisley mit Grandma unterwegs, was die Sache in diesem Moment jedoch auch nicht leichter machte.

Pringle verdrehte die Augen und schnalzte empört mit der Zunge. „Pass auf, was du sagst, Schätzchen. Ich komme in Frieden."

„Ja klar, ich glaube dir aufs Wort, vor allem, weil du gerade auf mich geschossen hast."

Pringle plapperte fröhlich weiter. „Ja, das war ein ziemlich guter Treffer, oder?"

Darauf erwiderte ich nichts, klopfte nur ungeduldig mit dem Fuß auf den Boden, damit er mich nicht länger auf die Folter spannte, was er wollte. Ich für meinen Teil wollte nämlich, dass er so schnell wie möglich wieder verschwand.

Der Waschbär ließ sich auf alle Viere fallen und rannte durch das Wohnzimmer zurück zur Haustür. „Ich muss dir etwas Wichtiges zeigen. Komm mit!", rief er. „Folge mir!"

„Was will er denn?", fragte Charles mit einer misstrauisch hochgezogenen Augenbraue.

„Keine Ahnung. Lass uns in mein Schlafzimmer gehen und die Tür hinter uns abschließen."

Er hob auch noch die andere Augenbraue. „Die Vorstellung ist zwar verlockend, aber vielleicht sollten wir zuerst herausfinden, warum er so aufgeregt ist.“

Ich schnappte mir den Teller mit den Muffins und einen der Kaffeebecher. „Interessiert mich nicht. Komm, gehen wir nach oben.“

Leider fing mich Pringle ab, als ich die Treppe erreichte. „Wo willst du hin?“, rief er aufgebracht, bevor er mir zwei Schaumstoffpfeile rechts und links gegen die Knie schoss.

„Aua! Hör auf damit!“

Ein weiterer Pfeil sauste in mein Gesicht. „Ich höre auf, wenn du mit mir auf die Veranda kommst.“

„Was ist denn auf der Veranda?“, fragte ich resigniert.

Der nächste Pfeil traf mich mitten in den Bauch.

„Du willst, dass ich mit dir nach draußen komme?“, seufzte ich frustriert. „Dann gib mir die Waffe. Die wird jetzt für den Rest des Jahres einkassiert.“

Pringle fletschte die Zähne und knurrte, was mir schlagartig in Erinnerung rief, dass er immer noch ein wildes Tier war, obwohl er zum Teil sehr menschliche Angewohnheiten hatte. „Wenn du Carla anrührst, wirst du dich ganz schön umgucken. Und das geschieht dir dann ganz recht!“

„Schluss mit dem Theater." Charles schob sich an uns vorbei und stieß die Haustür auf.

„Seht doch!", rief der Waschbär entrüstet, als unser Blick auf die blutige Szene fiel, die sich vor uns auftat. Er stürmte an uns vorbei und sprang mit einem Satz von der Veranda.

„Das ist jetzt euer Problem!", rief er und verschwand eine Sekunde später hinter dem Haus.

Da musste ich ihm leider recht geben – *das* war auf jeden Fall ein Problem.

5

„Mamimamimamimami!", schrie eines der Katzenbabys, als wir nach draußen traten. Seine Pfötchen waren blutverschmiert, aber es schien keine Schmerzen zu haben.

Seine Geschwister kletterten über es hinweg und versuchten, sich aus dem ramponierten Karton zu befreien, in den man sie gesteckt hatte.

„Sind das etwa …?" Charles verstummte.

Ich nickte traurig. „Ausgesetzte Kätzchen, ein ganzer Wurf."

In diesem Moment kam Octocat an uns vorbeimarschiert. „Was ist das hier für ein Lärm? Ich versuche, mit Grizabella zu sprechen, aber …"

Er wurde von aufgeregten Stimmchen unterbrochen, die laut miauten und „Papi!" im Chor riefen. Ich musterte meinen Kater, dessen ohnehin schon große Augen sich vor Entsetzen weiteten. Erschrocken trat er einen Schritt zurück und hüstelte.

„Nein, das kann nicht sein. Dazu fehlen mir die entscheidenden Teile. Der Tierarzt hat sie mir ..."

Er hob eine Pfote und fuhr eine Kralle nach der anderen aus, während er etwas nachzuzählen schien. „Vor mindestens vier Jahren geraubt. Diese ... diese kleinen Schreihälse können nicht von mir sein."

„Papi!", riefen die Katzenkinder erneut im Chor.

„Das ist unmöglich", beharrte Octocat und trat vor, um sie genauer zu beäugen. „Und außerdem sehen sie mir überhaupt nicht ähnlich."

Tatsächlich sahen sie ihm durchaus sehr ähnlich. Sie hatten die gleichen bernsteinfarbenen Augen und braun gestromtes Fell wie er, mit dem einzigen Unterschied, dass ihr Fell länger war als seins. Zwar kannte ich mich mit den verschiedenen Katzenrassen nicht sonderlich gut aus, aber ich vermutete, dass es sich passenderweise um einen Wurf Maine Coons handelte. Passenderweise deshalb, weil wir zum einen im Staat Maine lebten, aus dem diese Rasse stammte, und Octocat sich zum anderen gerne damit brüstete, Maine-Coon-Gene zu besitzen.

Die Kätzchen versuchten, sich dem Kater zu nähern, und sprangen alle auf einer Seite des Kartons herum, sodass dieser schließlich umkippte. Endlich frei, stürmten sie alle auf Octocat zu, strichen ihm um die Beine und drückten sich zärtlich an ihn.

„Na super! Jetzt klebt das Blut auch noch an mir", stöhnte er, machte aber zu meiner Überraschung keine Anstalten, sich zu entfernen.

Da kam Pringle wieder auf die Veranda gehüpft. Er begann, die Babys einzusammeln und klemmte sie sich unter den Arm. „Wisst ihr eigentlich, für wie viel solche kleinen Dinger im Internet gehandelt werden?"

„Nein!", rief ich. „Pringle, hör auf damit! Wir verkaufen sie ganz sicher nicht im Internet", schimpfte ich mit dem nervtötenden Waschbären. „Und Octocat, niemand hat behauptet, dass du ihr Vater bist", versicherte ich meinem kauzigen Kater.

Charles legte einen Arm um meine Taille und zog mich an seine Seite. „Was sollen wir jetzt mit ihnen machen?"

„Bringen wir sie erst einmal rein und machen sie sauber." In diesem Moment war ich sehr froh, dass Grandma noch unterwegs war. Zweifellos hätten wir jetzt bereits fünf neue Familienmitglieder, wenn sie die Katzenbabys mit uns hier draußen entdeckt hätte.

Und zweifellos hätte mich Octocat dafür bitter bezahlen lassen.

Charles half mir, die tapsigen Fellbündel zurück in die Kiste zu packen, und trug diese dann in unser größtes Badezimmer, das mit der auf Löwenfüßen stehenden viktorianischen Badewanne.

Sowohl Octocat als auch Pringle folgten ihm, Letzterer jedoch ohne seine geliebte Nerf-Gun, was zumindest eine kleine Erleichterung darstellte. „Ich sag's dir", raunte er dem Kater zu, „wir bekämen bestimmt hundert Dollar für jedes der Kätzchen, bei fünf Stück also mindestens tausend Dollar." Offensichtlich war Pringle im Rechnen nicht so gut wie im Lesen – schade eigentlich, umgekehrt wäre es mir lieber gewesen.

„Sprich weiter", drängte mein Kater, dem die Dollarzeichen förmlich aus den Augen sprangen.

Ich verschränkte die Arme und fixierte meine herzlosen Vierbeiner. „Jetzt reicht's! Pringle, wenn ich noch einmal höre, dass du die Kätzchen verkaufen willst, werde ich dein Baumhaus abreißen."

Der Waschbär tat es mir gleich und verschränkte ebenfalls die Arme, während er mich herausfordernd anstarrte. „Welches?"

„Beide."

„Das würdest du nicht tun."

„Stell mich besser nicht auf die Probe."

„Wenn ich Carla dabei hätte, wärst du vorsichtiger mit deinen Drohungen."

„Glaubst du, ja? Dann lauf los und hol sie dir."

Nachdem Pringle aus dem Bad geflitzt war, schlug ich die Tür hinter ihm zu und schloss sie sicherheitshalber ab.

„Es wird nie langweilig, dir dabei zuzusehen, wie du mit ihnen kommunizierst", meinte Charles leise lachend, während er die Hähne an der Wanne aufdrehte.

„Nein, kein Wasser einlassen bitte."

„Warum? Ich dachte, wir würden die Babys baden."

„Ja, aber nicht so."

Ich holte zwei Waschlappen aus dem Wäscheschrank, machte sie nass und reichte Charles einen davon. „Das war schon traumatisch genug für sie heute. Lass es uns lieber auf die sanfte Tour versuchen."

Nachdem das Wasser abgelaufen war, setzten wir die Kleinen in die Badewanne und befreiten eines nach dem anderen von Blut und Dreck.

„So, geschafft." Triumphierend setzte er das letzte Kätzchen zurück auf den Boden. „Alle wieder sauber."

„Nicht ganz", flüsterte ich, nur dummerweise nicht leise genug.

„Was meinst du mit *nicht ganz?*", fragte Octocat misstrauisch, der von seinem Platz auf dem Toilettenspülkasten aus mit großem Interesse zugesehen hatte.

Einen Moment darauf riss er entsetzt die Augen auf, presste die Ohren an den Kopf und fauchte. „Ich kann mich selbst säubern!"

„Schnapp ihn dir!", rief ich Charles zu, was er prima hinkriegte, obwohl sich mein Kater heftig zur Wehr setzte.

„Es dauert nur ein paar Sekunden", versprach ich.

„Ich bin doch kein Baby mehr", brummte er. „Du musst mich nicht verhätscheln."

„Das mag sein, aber an dir klebt ebenfalls Blut. Und das müssen wir wegmachen."

„Ich hasse euch", knurrte Octocat wiederholt, bis wir fertig waren.

Wäre ich nicht genauso durcheinander gewesen wie er, hätte ich das Waschen seines Fells vielleicht noch etwas in die Länge gezogen, um ihn für die

Gemeinheiten, die er von sich gegeben hatte, zu bestrafen.

Nachdem Charles ihn wieder heruntergelassen hatte, war mein Freund mit Katzenfellflusen übersät, weil Octocat vor lauter Stress ziemlich viele Haare verloren hatte.

„Das war doch jetzt nicht so schlimm, Großer, oder?", fragte Charles und versuchte, sich die Haare abzuklopfen, was jedoch nicht funktionierte.

„Sieh dich vor, Kotzbrocken", zischte mein Tiger, aber der verstand seine Drohung natürlich nicht. „Wobei, nein, sieh dich besser *nicht* vor. Das macht meine Rache nur noch süßer."

Ich warf ihm einen warnenden Blick zu, dann öffnete ich die Badezimmertür, um ihn rauszulassen.

PENG!

Unvermittelt traf mich etwas direkt auf die Nase – ein weiterer von Carlas Schaumstoffpfeilen.

„Pringle!", brüllte ich frustriert.

Hinter mir ertönte Gelächter – fünf Kätzchen, deren Leben wir gerade gerettet hatten, nebst meinem allerliebsten, treu sorgenden Freund kringelten sich auf meine Kosten.

Vielleicht hatte Octocat recht. Vielleicht sollte er sich vorsehen. Schaumstoff hin oder her, diese Pfeile taten weh, vor allem, weil Pringle unbarmherzig auf die empfindlichsten Stellen zielte. Ich musste einen Weg finden, dieses blöde Ding ein für alle Mal verschwinden zu lassen. Aber zunächst stand etwas Wichtigeres auf dem Programm: das Wohl der kleinen Kätzchen.

6

ch konnte dem schießwütigen Waschbären zwar die Nerf-Gun nicht abnehmen, aber immerhin gelang es mir, ihn nach draußen zu scheuchen und die Haustierklappe zu verriegeln. Hoffentlich würde es heute Morgen keine weiteren Überraschungen geben.

Als ich ins Badezimmer zurückkehrte, fand ich Charles auf dem Rand der Badewanne sitzend vor. In jedem Arm hielt er eines der Samtpfotenbabys, die er jeweils in ein kleines Handtuch gewickelt hatte. Auch wenn ich mich noch nicht bereit für die Ehe und Kinder fühlte, ließ dieser Anblick mein Herz auf der Stelle schmelzen.

Als er bemerkte, dass ich ihn beobachtete, schenkte er mir ein charmantes Lächeln – so charmant, dass ich ihm nicht länger böse sein konnte, dass er über Pringles Pfeilattacke auf meine Nase gelacht hatte. „Komm, schnapp dir die anderen Schnurris und lass uns irgendwo hingehen, wo es bequemer ist.“

Oh, dieser Mann wusste definitiv, wie er mich um den Finger wickeln konnte.

„Am besten, wir bringen sie in Octocats Zimmer“, schlug ich vor, wobei ich schon ahnte, dass mein Kater sich das in irgendeiner Form bezahlen lassen würde. Aber es schien mir die beste Lösung zu sein, die wir momentan hatten.

Mit Müh und Not schaffte ich es, die anderen drei eingewickelten kleinen Zappelphilippe die kurze Strecke in sein Reich hinüberzutragen. Mein Kater erwartete uns bereits. Er stand im Türrahmen und schlug so heftig mit dem Schwanz, dass ich mir Sorgen machte, er könnte sich dabei verletzen. „Denk nicht einmal daran!“, brummte er.

Doch ich ließ mich nicht abschrecken. Sein Zimmer war der sicherste Ort für die quirligen Kätzchen. Schließlich war dieser Raum nach gründlicher Prüfung bereits für katzensicher befunden worden, und es gab keine großen Möbelstücke, unter denen sie sich verstecken konnten. Octocat würde sich zur Abwechslung einfach mal zusammenreißen müssen.

Mit festem und Blick und vorgerecktem Kinn ging ich an ihm vorbei und trat ein.

Er trottete zeternd hinter mir her. „Ich kotze gleich! Ich werde die Vorhänge herunterreißen! Ich werde in einen Hungerstreik treten. Ich werde …"

„Ich werde Grizabella sagen, dass die Babys von dir sind", konterte ich.

Er blickte entsetzt zu mir auf. „Das würdest du nicht tun!"

„Ich weiß, dass sie dich stören, aber sie sind nun mal noch sehr klein und brauchen unsere Hilfe. Also könntest du bitte ausnahmsweise mal versuchen, dich zivilisiert zu benehmen?"

Mürrisch drehte er sich um. „Du schuldest mir was, aber so was von, Angela", rief er und hastete hinaus, was mir gerade ehrlich gesagt egal war. Ich würde mich nachher um ihn kümmern. Jetzt mussten Charles und ich erst einmal die Katzenkinder weiter versorgen.

Nachdem wir die Tür fest verschlossen hatten, holten wir die Kleinen aus ihren Handtuchwickeln und setzten sie in der Zimmermitte auf den Teppichboden.

„Papi?", quietsche einer der kleinen Tiger.

Daraufhin fielen alle anderen mit ein: „Papi!

Papi!", jammerten sie und wurden mit jeder Sekunde unruhiger.

„Warum sind sie denn plötzlich so aufgeregt?", fragte Charles lachend, weil er glaubte, dass sie sich vor Freude so aufführten und nicht vor Angst.

„Sie wollen Octocat zurück", erklärte ich ihm, während er mit ihnen auf dem Boden hockte und ich unschlüssig an der Tür stand. „Sie glauben, er ist ihr Vater."

Charles lachte wieder. „Oh, echt?"

„Jep, zumindest nennen sie ihn *Papi*. Sie scheinen jedoch noch nicht viele Worte zu beherrschen."

„Na ja, es sind ja schließlich Babys." Er hob eines der Kätzchen hoch und setzte es auf seinen Schoß. „Vielleicht müssen sie erst noch sprechen lernen. Hast du denn überhaupt schon mal versucht, *mit* ihnen zu sprechen? Bisher hast du nur *über* sie gesprochen, oder täusche ich mich?"

„Du hast recht", seufzte ich und schüttelte über mich selbst den Kopf. Dann ließ ich mich ebenfalls auf den Boden sinken und setzte mich im Schneidersitz vor sie hin, damit sie zu mir kommen konnten. „Hallo, ihr Süßen. Mein Name ist Angie. Wie heißt ihr?"

„Will Papi!", informierte mich eines von ihnen. Seine Schnurrhaare kitzelten mich, als es an meinen nackten Füßen schnupperte. Auch wenn die miauenden Mini-Fellnasen niedlich waren, hatten sie uns in der Kürze der Zeit doch schon ordentlich viel Arbeit beschert.

„Ich werde ihn gleich holen, aber zuerst würde ich euch gerne etwas fragen: Wie um alles in der Welt seid ihr auf meiner Veranda gelandet?"

Kaum hatte ich diese Frage gestellt, brach der gesamte Wurf in Hysterie aus – selbst Charles bemerkte jetzt die Verzweiflung der Kleinen. Er streckte die Hand aus, um das nächste Kätzchen zu streicheln, kassierte dafür jedoch einen Krallenhieb.

„Keine Chance." Ganz vorsichtig erhob ich mich, um nur ja auf keines der aufgebrachten Babys zu treten. „Wir müssen Octocat holen."

„Hm, aus irgendeinem Grund habe ich so im Gefühl, dass er nicht begeistert sein wird, den Dolmetscher für uns zu spielen", erwiderte er.

Ich kicherte. „Und was könnte das für ein Grund sein? Etwa jede einzelne Begegnung, die du bisher mit ihm hattest?" Jetzt lachten wir beide, denn genau so war es.

Charles folgte mir aus dem Zimmer, wobei er sorgfältig darauf achtete, dass keines der Kätzchen hinauswischte. Im Flur schlang er die Arme um mich. „Ich muss gerade daran denken, wie wir uns

damals näher kennengelernt haben. Bei dem Doppel-
mord an den Hayes, weißt du noch?"

„Wie könnte ich das vergessen? Es ist nur
irgendwie seltsam, dass du das als etwas Romanti-
sches in Erinnerung hast." Ich löste mich aus seinen
Armen und ging die Treppe hinunter.

„Hey, das mag vielleicht ein bisschen speziell
sein, aber unsere Beziehung ist eben etwas ganz
Besonderes", versicherte er mir, während er mir nach
unten folgte. „Apropos, ich kann den Freitag kaum
erwarten. Meine Valentinstags-Überraschung wird
dich bestimmt umhauen."

Unten angekommen, hielt ich im Foyer und im
Wohnzimmer nach Octocat Ausschau, konnte ihn
aber nirgends entdecken. Also wandte ich mich
wieder Charles zu und runzelte die Stirn: „Entweder du sagst mir jetzt auf der Stelle, was du für
Freitag geplant hast, oder ich will kein Wort mehr
darüber hören. Du weißt, ich hasse Überraschungen."

Als wir uns auf den Weg in die Küche machten,
schoss Octocat unter der Couch hervor und raste wie
von der Tarantel gestochen an uns vorbei. „Du hasst
Überraschungen? Bestimmt nicht so sehr wie ich!",
kreischte er im Vorbeirennen, und wir hechteten
hinterher.

„Ich brauche deine Hilfe", rief ich meinem aufgeregten Kater zu. „Bitte. Es ist wichtig."

„Vergiss es", raunte er aus dem Inneren der Katzentoilette, in die er sich verkrochen hatte.

„Komm schon. Bitte", flehte ich ihn theatralisch an, wobei ich die Unterlippe vorschob und treuherzig wie Paisley dreinblickte, was aber leider nicht den gewünschten Effekt hatte. Wie konnte ich ihn bloß überreden? Dieser Kater war so was von hart gesotten. Selbst wenn er gut gelaunt war, brauchte man bei ihm schon enorme Überredungskünste, und von guter Laune war er gerade meilenweit entfernt.

„Nein", fauchte er.

Ich ließ seufzend den Kopf hängen. „Du lässt mir keine andere Wahl, hörst du?"

„Wohin gehst du?", wollte Charles wissen, als ich in Richtung Küche eilte.

„Bleib da und pass auf, dass er nicht abhaut. Ich bin gleich wieder da."

In der Küche durchwühlte ich unsere Kramschublade, fand kurz darauf, was ich brauchte, und kehrte zu Charles und meiner aufmüpfigen Fellnase zurück. „Wie sieht's aus, hilfst du uns jetzt?", fragte ich den Kater warnend.

„Die Antwort lautet immer noch *nein*. Nein, nein, nein, nein, nein", erwiderte er.

Das war mein Stichwort, um den Laserpointer zu aktivieren, den ich in kleinen, kreisenden Bewegungen über den Boden huschen ließ. Und tatsächlich: Octocat kam aus seinem Versteck hervor und stürzte sich wie von Sinnen auf den roten Punkt. Warum auch immer, aber es war das Einzige, dem er nicht widerstehen konnte.

„Haha, hab dich." Charles packte ihn mit festem Griff und drückte ihn an seine Brust. Gemeinsam stiegen wir mit dem fluchenden Tiger die große Treppe hinauf.

„Ich hasse dich", keifte er mich zum gefühlt hundertsten Mal an diesem Tag an. Und so unschön es auch war, das zu hören zu bekommen, ich ignorierte es geflissentlich. Er war schon so oft wütend auf mich gewesen, und er würde es wieder sein, aber diese kleinen Kätzchen brauchten jetzt wirklich dringend ein wenig Beistand von einem Artgenossen, sonst würden sie uns noch vor Kummer eingehen.

7

Mit einem sehr unglücklichen Octocat im Arm kehrten wir in das Katzenzimmer zurück. Die Baby-Samtpfoten hingegen waren überglücklich, ihn wiederzusehen. Ihre Klagelaute gingen sofort in Schnurren über, als sie sich um ihn drängten und sich an ihn kuscheln konnten.

„Es hat schon seine Gründe, warum ich nie Kinder hatte", schnaufte der arme Kerl, sodass ich beinahe Mitleid mit ihm hatte. Aber nur beinahe.

Er befreite sich von den kleinen Kletten und stellte sich demonstrativ an die Tür. „Es ist schön und gut, geschätzt zu werden, aber das ist definitiv zu viel des Guten."

Ich hätte nie gedacht, dass es Octocat einmal stören könnte, extrem beliebt zu sein. Bis jetzt hatte er es sich immer gerne gefallen lassen, gemocht und anerkannt zu werden – solange es ihm in den Kram passte, natürlich.

„Sie lieben dich", sagte ich sanft.

Er hielt seinen Blick auf die Tür gerichtet. „Sie kennen mich nicht einmal. Jetzt lass mich raus."

Ich musste mir auf die Zunge beißen, um nicht zu antworten: „Deshalb lieben sie dich wahrscheinlich." Sticheleien mochte mein Kater nur, wenn er sie selbst austeilte.

„Darf ich es mal probieren?", fragte Charles, woraufhin ich gespannt nickte.

„Denk mal an die Zeit zurück, als du noch ein Kätzchen warst", wandte er sich mit beschwichtigender Miene an Octocat. Mein Freund konnte natürlich nicht wissen, wie der Kater seine Worte aufnehmen würde. „Hättest du da nicht gerne eine größere, coolere Katze an deiner Seite gehabt, die dir zeigt, wo es langgeht?"

Octocat schnaubte empört. „Dieser Kerl hält sich wohl für oberschlau, was? Oh, Mann."

Tja, ich hätte Charles vorher sagen können, dass es nichts brachte, an sein Mitgefühl zu appellieren. Da brauchte es schon einen härteren Ton: „Du kommst hier nicht raus, bevor wir diesen Kätzchen geholfen haben."

„Gut. Helfen wir ihnen dahin zurück, wo sie hergekommen sind. Auf die Veranda mit ihnen!" Er trat von einer Pfote auf die andere, bewegte sich jedoch nicht vom Fleck.

Ich hob eine Augenbraue. „Ist das dein Ernst?"

„Absolut." Octocat reckte sein Näschen in die Luft und weigerte sich, mich oder die Kätzchen anzusehen, obwohl sie ständig versuchten, seine Aufmerksamkeit zu erlangen. Inzwischen waren sie zu uns herübergetapst, saßen nun in Reih und Glied hinter ihm und starrten ebenfalls auf die Tür.

„Ich werde meine Meinung dazu nicht ändern. Aber wenn du dich weiter stur stellen möchtest, muss ich da wohl etwas nachhelfen. Ich schreibe Grandma jetzt eine Nachricht und bitte sie um Unterstützung." Ich holte mein Handy heraus und begann zu tippen.

„Oooh, ich zittere vor Angst", spöttelte er.

„Worum willst du Grandma denn bitten?", fragte Charles.

Ich grinste, als ich auf Senden drückte. „Sie und Paisley sollen auf dem Heimweg vom Bootcamp im Tierladen vorbeischauen. Ich habe sie gebeten, neues Katzentrockenfutter mitzubringen, das von der Billigmarke."

Mein Kater kochte vor Wut. Ich konnte ihm ansehen, dass er am liebsten nach mir geschlagen hätte, blieb aber trotzdem wie angewurzelt vor der Tür stehen. „Das wagst du nicht."

„O doch, mein Lieber", gluckste ich hämisch. Obwohl ich es hasste, zu solchen Maßnahmen greifen zu müssen, empfand ich eine gewisse Genugtuung, ihm verdientermaßen eins auszuwischen. „Ich habe Grandma gebeten, No-Name-Trockenfutter für dich und einen neuen Napf für Paisley zu besorgen."

„Warum sollte sie einen neuen Napf brauchen?" Er neigte den Kopf zur Seite und dachte darüber nach. Einen Augenblick später dämmerte ihm, was das zu bedeuten hatte. „NEIN!"

„O doch!", wiederholte ich. „Du wirst die neuen Crunchies aus Paisleys altem Hundenapf fressen. Und rate mal, was es ab heute auch nicht mehr gibt?"

Er wich ein paar Schritte zurück und drückte sich an die Wand. „Doch nicht etwa mein Evian?"

„Stimmt genau. Es wird Zeit, dass du auf den Geschmack von Leitungswasser kommst", entgegnete ich achselzuckend.

„Du bist eine böse Frau, Angela. Eine sehr böse Frau."

Ich grinste nur und gab ihm ein paar Minuten Zeit, das Ganze zu verdauen. Schließlich drehte er sich zu den Kätzchen um, die noch immer in einer Reihe kauerten, und legte sich mit angewinkelten Vorderbeinen vor sie hin. „Wenn ich also zustimme zu helfen, wirst du die Änderungen an meinem Speiseplan revidieren?"

„Richtig. Und je schneller wir herausfinden, was hinter dieser Sache steckt, desto schneller können wir ein neues Zuhause für sie finden – und desto eher bist du sie wieder los."

„In Ordnung", räumte er ein, während ein Kätzchen auf seinen Rücken kletterte und ein anderes an seinem zuckenden Schwanz zog. „Aber du solltest trotzdem wissen, dass ich nur helfe, weil du mich dazu zwingst."

„Okay. Dann lass uns jetzt an die Arbeit gehen. Ich brauche deine Hilfe, um mit ihnen zu reden."

Er seufzte, gähnte und ließ sich dann auf die Seite fallen. Sofort begannen die Kleinen, sich an seinem Bauch zu pressen und dabei zufrieden zu schnurren. Das war eindeutig zu viel für Octocat. Er sprang auf und schrie: „Hört auf damit! Ich bin nicht eure Mama."

„Papa", miauten die Kätzchen fröhlich.

„Auch der bin ich nicht. Ich weiß nicht einmal, wer ihr seid. Vielleicht könnt ihr mir das jetzt mal verraten."

„Hun-gaaa!", krähte eines, was sehr lustig klang.

Octocat blickte verzweifelt zu mir herüber. „Hast du das verstanden?"

Ich nickte und übersetzte dann für Charles: „Sie sind hungrig."

Daraufhin zückte er sein Handy und schien etwas im Internet nachzuschauen.

„Was glaubst du, wie alt sie sind?", fragte ich meinen Kater.

„Schwer zu sagen. Sechs bis acht Wochen vielleicht."

Charles legte sein Telefon auf den Aquariumdeckel, hob ein Kätzchen hoch und wog es mit der Hand ab, dann reichte er es mir. „Das wiegt etwa ein Pfund, würde ich sagen, was meinst du?"

Ich nickte, obwohl ich mir nicht sicher war.

„Dann sollten wir es mit Nassfutter versuchen."

„Soll ich eine von Octocats Dosen holen?", schlug ich vor. Ein anderes Katzenfutter hatten wir im Moment ohnehin nicht im Haus.

„Untersteh dich!", fauchte mein Tiger, was die Kätzchen erschrocken zusammenzucken ließ.

„Besser wäre eine spezielle Sorte für Katzenkinder", erklärte Charles. „Könntest du Grandma noch mal schreiben und sie bitten, davon auch etwas aus dem Laden mitzubringen?"

„Das kann ich machen, aber ich habe ihr eben nicht wirklich geschrieben. Das war ein Bluff."

Octocat starrte mich an, sichtlich unzufrieden mit der ganzen Situation.

„Dann fahre ich rasch etwas holen, wenn das okay ist", bot Charles an. „Ich bin so schnell wie möglich zurück." Er drückte mir einen Kuss auf die Stirn und verließ vorsichtig den Raum, damit keines der Kleinen entwischen konnte.

„Kann ich jetzt gehen?", murrte mein Kater, während die Babys weiter auf ihm herumturnten und ihn ableckten und zwickten.

„Nein, tut mir leid. Ich brauche dich noch. Glaubst du, wir können mit ihnen reden, wenn sie etwas zu mampfen bekommen haben?"

„Kann sein", antwortete er mit einem erschöpften Seufzer. „Aber so junge Kätzchen kennen noch nicht viele Wörter. Im Vergleich zu Menschen in diesem Alter sind sie zwar deutlich weiter entwickelt, aber noch lange nicht so clever wie eine ausgewachsene Katze."

Die Sache schien komplizierter zu werden als erwartet. „Was sollen wir dann tun?"

„Ich schlage vor, dass wir die Idee des Waschbären noch einmal überdenken. Wir könnten ..."

„Halt die Klappe, das kommt überhaupt nicht in Frage."

„Du verstehst wirklich keinen Spaß", seufzte er. „Also, wenn du herausfinden willst, was mit ihnen passiert ist, müssest du ein paar Ermittlungen anstellen, das heißt, du müsstest zur Abwechslung mal deinen Job machen."

Autsch! Das saß.

8

Nachdem Octocat mir versichert hatte, dass er gut auf die Kleinen aufpassen würde, sah ich mir den Ort, an dem sie ausgesetzt worden waren, einmal genauer an. Abgesehen von ein paar blutigen Pfoten- und einigen Fußabdrücken konnte ich auf der Veranda nichts Auffälliges entdecken.

Die Spuren waren jedoch unter dem Neuschnee der letzten Stunden nur noch schwach zu erkennen. Ich stellte meinen eigenen Fuß in einen der Stiefelabdrücke, um die Größe festzustellen. Er war größer, aber nur knapp, und nichts ließ darauf schließen, ob es sich um einen Männer- oder einen Frauenschuh gehandelt hatte. Ich untersuchte die nahe Umgebung, doch andere Hinweise konnte ich nicht entdecken.

Möglicherweise gab es fremde Reifenspuren vor dem Haus, aber wenn, dann hatten sie sich mit denen von Grandmas Auto vermischt, die sie auf dem Weg zu ihrem Fitnesskurs hinterlassen hatte. Es wäre also durchaus möglich, dass die fragliche Person zu Fuß unterwegs gewesen war.

„Ha, wusste ich doch, dass du hier bist! Dein unverkennbarer Körpergeruch ist nämlich eben durch mein Baumhaus geweht." Pringle kam über das Geländer der Veranda zu mir herübergeklettert, hopste herunter und baute sich neben mir auf. Ich war froh, dass er Carla zu Hause gelassen hatte, aber auch ziemlich gekränkt über das, was er da gerade zu mir gesagt hatte.

„Wie kannst du es wagen zu behaupten, dass ich stinke!"

„Ich sagte, du riechst", korrigierte er mich, seinen winzigen Zeigefinger auf mich gerichtet. „Nicht unbedingt *schlecht*. Aber auch nicht gut."

Ich holte tief Luft und zwang mich, ruhig zu bleiben und mich zu konzentrieren. Wenn Pringle mir unbedingt auf die Nerven gehen wollte, konnte er mir dafür wenigstens ein bisschen helfen. „Hast du zufällig mitbekommen, wer die Kätzchen hier ausgesetzt hat?"

„Nö. Ich habe einen Wagen wegfahren hören, aber ich war nicht rechtzeitig zur Stelle, um etwas zu sehen."

Okay. Sie wurden also mit dem Auto hergebracht, was wohl bedeutete, dass jemand die Kiste absichtlich genau vor unserem Haus abgestellt hatte.

Darüber würde ich mir nachher noch Gedanken machen. In diesem Augenblick war es wichtiger, Pringle dazu zu bringen, mich zu unterstützen. „Du bist doch sonst immer so fix. Wie konnte das denn passieren?"

Er sank auf alle Viere und seufzte. „Ich konnte meine Sendung in dem Moment nicht unterbrechen. *Survivor*, du weißt schon."

„Diese Dschungelcamp-Show?"

„Ja, genau. Ich bin inzwischen bei der siebenundzwanzigsten Staffel, und es ist definitiv die dramatischste bisher."

Anscheinend hatte er noch nicht mitgekriegt, dass das von jeder Staffel bei jeder verdammten Realityshow behauptet wurde. Na ja, zumindest hatte ich durch seine Fernsehsucht nicht rund um die Uhr Ärger mit ihm.

„*Aha*. Lernst du durch dieses ganze Binge-

Watching wenigstens ein paar Dinge, die überlebenswichtig sein könnten?"

Er gab ein verächtliches Geräusch von sich. „Ich bitte dich. Ich schaue mir das nur an, weil es so grottenschlecht ist. Ich könnte diesen Menschen hunderte Dinge über das Überleben in der Wildnis beibringen. Übrigens, ich habe mich für die nächste Staffel beworben, unter deinem Namen und mit einem Video von dir."

Es war schon schlimm genug, dass er heimlich meine Textnachrichten und Social-Media-Beiträge las. Aber jetzt hatte er auch noch ein Video von mir ... Moment mal, was? „Welches Video?", zischte ich empört.

„Das, das ich durch dein Fenster aufgenommen habe, als du in etwas anderes vertieft warst, natürlich." Er sagte das so leichthin, als ob er nichts Falsches daran finden würde. Das machte es noch schlimmer, denn wahrscheinlich würde er es wieder und wieder tun.

Ich ballte die Fäuste, erhob sie jedoch nicht, sondern zwang mich, nicht die Fassung zu verlieren. Private Videos von mir aufzunehmen, war definitiv nicht in Ordnung. Wenn er ein Mensch wäre, hätte ich jetzt die Polizei gerufen.

Aber leider brauchte ich Pringles Hilfe noch, um

der Sache mit den Kätzchen auf den Grund zu gehen. Danach würde ich mir eine passende Strafe für ihn überlegen.

„Du schnüffelst doch gerne herum, um Geheimnissen auf die Spur zu kommen", sagte ich schließlich ruhig, obwohl ich weiterhin echt sauer auf ihn war, sodass ich es vermied, ihm in die Augen zu sehen. „Kannst du vielleicht herausfinden, woher die Kätzchen kommen?"

„Woher sie kommen?", quäkte er argwöhnisch mit seiner typischen nasalen Stimme. Vermutlich ahnte er, dass ich wütend über seine jüngste Enthüllung war. „Warum ist das wichtig?", fügte er hinzu.

Was für eine Frage! In mir brodelte es. „Hast du denn nicht das ganze Blut gesehen?"

Er machte eine wegwerfende Handbewegung. „Ja und? Das hat doch nichts zu sagen. Blut ist eben ein Teil des Lebens."

„Für dich vielleicht, aber nicht für Menschen. Wenn Blut im Spiel ist, bedeutet das normalerweise, dass etwas Ernstes passiert ist." Wie konnte er nur so viel über Menschen wissen und trotzdem so ignorant sein? All seine Realityshows und Bespitzelungen schienen ihm nicht gerade mehr Verständnis für die menschliche Natur zu verleihen.

„Ja, aber du hast *Katzenkinder* gefunden und keine *Menschenkinder*, oder? Also keine große Sache."

„Aber es würde mich wirklich beruhigen, wenn ich wüsste, was es mit dem Blut auf sich hat. Kannst du nicht vielleicht … ich weiß nicht … ihrem Geruch folgen oder so?"

„Bitte was? Ihrem Geruch folgen? Wofür hältst du mich? Ich bin doch kein Hund!"

Ich starrte ihn einen Moment lang mit offenem Mund an, doch dann fiel mir eine neue Strategie ein. Im Laufe der letzten Monate hatte ich festgestellt, dass es zwei wirksame Methoden gab, mit Pringle umzugehen, wenn man ihn zu etwas überreden wollte. Die erste war, ihm zu geben, was er haben wollte – ein Baumhaus, ein Abenteuer, eine Nerf-Gun und so weiter. Die zweite Methode war zwar schwieriger anzuwenden, aber auch schonender fürs Portemonnaie, denn es handelte sich um eine Art Psychotrick. Und einen solchen würde ich jetzt ausprobieren, in der Hoffnung, ihn damit zu überzeugen.

„Gehören Waschbären nicht zur Familie der Hunde?" Ich wusste zwar, dass das nur bedingt stimmte, aber das war nicht der Punkt.

„Ja, aber nur entfernt. Das heißt, wir sind nicht

näher verwandt und haben nichts miteinander zu tun, kapiert?"

Ich legte theatralisch die Stirn in Falten. „Ach so, dann können Waschbären auch nicht so gut riechen wie Hunde, richtig? Okay, verstehe, macht ja nichts. Paisley kommt eh bald nach Hause, dann kann ich sie …"

„Was redest du da für einen Unsinn? Waschbären sind Hunden in jeder Hinsicht überlegen. Ich könnte den Übeltäter erschnüffeln, wenn ich wollte."

„Ja gut, aber Paisley hat eine Menge Erfahrung. Ich wette, sie könnte dem Geruch folgen, ohne auch nur die Nase zu senken."

Pringle stemmte die Vorderpfoten in die Hüften. „Ich brauche keine Erfahrung, um der Beste zu sein. Dieses Talent ist mir angeboren. Und jetzt geh mir aus dem Weg!"

Ich lächelte zufrieden in mich hinein, während ich ihm hinterher sah, wie er geschäftig unsere Einfahrt hinunterhoppelte und wenig später außer Sichtweite war. Ich hoffte, er würde die Spur der Kätzchen nachverfolgen können, doch selbst wenn nicht, war er zumindest für die nächsten Stunden beschäftigt.

In der Zwischenzeit hatte ich noch ein weiteres

Beweisstück zu inspizieren, und das wartete oben im Badezimmer auf mich – die Kiste!

9

Der Pappkarton war in einem elenden Zustand, nicht nur überall voller Blut, sondern auch an den oberen Kanten und im Inneren stark zerfetzt. Wer auch immer die Kätzchen dort hineingepackt hatte, er oder sie hatte die Klappen des Deckels zuvor nach innen gefaltet, damit sie nicht außen herunterhingen.

Ich zog die Deckelseiten heraus, um sie mir genauer anzusehen, und tatsächlich entdeckte ich unter all den Flecken und Kratzern ein Versandetikett. Würde mir das die Adresse der Person verraten, die den Wurf bei mir abgestellt hatte?

Ich schnappte mir ein Paket feuchte Reinigungstücher aus dem Schränkchen unter dem Waschbecken und begann, den Aufkleber vorsichtig abzutupfen. Als ich fertig war, konnte ich die Adresse leider nur teilweise entziffern:

1 8 ir S

Gle le, E

Tja, das half mir jetzt auch nicht wirklich weiter.

Die zweite Zeile bedeutete höchstwahrscheinlich *Glendale, ME*, also *Glendale, Maine*, aber von der ersten waren nur zwei Zahlen und drei Buchstaben lesbar, und mein müdes Gehirn konnte sich darauf keinen Reim machen.

Vielleicht hatten Charles oder Grandma nachher eine zündende Idee. Ich würde sie auf jeden Fall fragen, wenn sie wieder da waren.

Im Moment hatte ich keine weiteren Anhaltspunkte und war ratlos – und Octocat wahrscheinlich mit seiner Geduld am Ende. Ich machte ein Foto von dem Adressaufkleber und kehrte dann ins Katzenzimmer zurück.

Ich hatte die Samtpfoten höchstens eine Viertelstunde allein gelassen, und so war ich nicht darauf gefasst, dass sich mir bei meiner Rückkehr ein vollkommen anderes Bild bieten würde.

Die Kätzchen standen alle stramm in einer Reihe vor dem Aquarium. Octocat hingegen marschierte mit stolzgeschwellter Brust und hoch erhobenem Schwanz vor ihnen hin und her, während er mit ihnen sprach: „Eine Katze muss stark und mutig sein, und das Wichtigste ist ein gepflegter Auftritt. Habt ihr mich verstanden?"

„Papi! Ja, Papi!", riefen die Kätzchen unisono mit ihren piepsigen Stimmchen, was ziemlich absurd wirkte.

Octocat machte eine Kehrtwende und konnte das selbstgefällige Grinsen auf seinem Gesicht nicht verbergen, als er mich erblickte.

„Was machst du da?", fragte ich vorsichtig. Ich war zwar neugierig, aber auf einen Vortrag von ihm konnte ich jetzt gut verzichten.

„Die neuen Rekruten trainieren", bellte er – oder zumindest klang es fast wie ein Hund. Diesen Tonfall hatte ich zuvor noch nie an ihm gehört.

„Papi! Ja, Papi!", riefen die Kätzchen erneut wie aus einem Mund.

Zwar war ich froh, dass er seine Haltung geändert hatte und sich der Kleinen nun doch annahm, aber jetzt auch sehr besorgt. „Und wofür genau trainierst du sie?"

„Ich bringe ihnen bei, gute Katzen zu sein, natürlich. Das ist eine sehr wichtige und außerordentlich anspruchsvolle Aufgabe." Mein Kater setzte ein so schräges Grinsen auf, dass es mich erschreckt hätte, wenn es nicht so komisch gewesen wäre.

Ich musste mich wirklich zusammenreißen, um nicht laut loszulachen. „Da bin ich mir sicher. Verstehen sie überhaupt alles, was du ihnen erklärst?"

„Ihr Wortschatz ist zwar noch begrenzt, das ist richtig, aber es ist nie zu früh, um mit dem Training zu beginnen. Außerdem gehe ich ja mit gutem Beispiel voran. Sie können sich das einfach alles von mir abgucken." Er wandte sich wieder seinen Rekruten zu, setzte sich vor sie hin und hob eine Pfote salutierend an den Kopf. Dann wartete er darauf, dass die Kätzchen es ihm nachtaten.

„Seid ihr bereit für eure nächste Lektion?", rief er.

„Papi! Ja, Papi!", antworteten sie im Chor.

Anscheinend waren Grandma und Paisley nicht die Einzigen, die heute ins Bootcamp gingen, und für meinen Geschmack wurde hier definitiv zu viel herumgebrüllt.

„Was ihr jetzt sehen werdet, nenne ich ‚Operation Kampfschmuser'. Schaut mir genau zu." Mit diesen Worten stürmte er auf mich zu, kam aber knapp vor mir zum Stehen, bevor er mit dem Kopf voran gegen meine Beine gedonnert wäre.

Ich zuckte zusammen, weil ich einen Angriff befürchtete, aber er rieb sich dann nur liebevoll an meinen Waden. Ein lautes Schnurren entfuhr seiner

Kehle, als er wieder zu den Kätzchen aufblickte. Oh, das war schön. Er brachte den Mini-Fellnasen bei, sich in kleine Knutschkugeln zu verwandeln. Ich hätte nicht gedacht, dass er zu so etwas überhaupt fähig war.

„Jetzt versucht ihr es mal, Kadetten", rief er in einer Lautstärke, die erneut an meinen Nerven zehrte.

Die Kätzchen trabten herbei und rieben sich mit ganzem Körpereinsatz an meinen Füßen und Knöcheln, genau wie ihr Ausbilder es ihnen gezeigt hatte.

„Gut gemacht. Wirklich gut", lobte Octocat die Bande wohlwollend, dann schaltete er zurück in seinen Offizierston. „Kommen wir nun zum nächsten Programmpunkt, und zwar ‚Operation Räuberleiter'."

Bevor ich fragen konnte, was es damit auf sich hatte, versenkte er seine Krallen in meinem Bein und kletterte an mir hoch bis auf meine Schulter.

„*Ahhhh!*", schrie ich, aber das hielt die fünf Kätzchen nicht davon ab, es ihm gleichzutun. „Das tut weh!"

Octocat ignorierte mich und sprang mit einem Satz auf den Boden. „Sehr schön. Und jetzt: Allez hopp!"

„Papi! Ja, Papi!" Ein mutiges Kätzchen hüpfte

ihm hinterher, aber den anderen war das Manöver zu waghalsig. Sie nahmen den Weg zurück, den sie gekommen waren – über meinen armen gepiesackten Körper.

„Warum bringst du ihnen bitte so was bei?", stöhnte ich und lehnte mich gequält gegen die Tür.

Anstatt mich anzuschauen, studierte er eingehend seine Pfote. „Wir Katzen müssen alle Mittel nutzen, die uns zur Verfügung stehen."

Autsch. Wer den Schaden hat ... „Ist das alles, was ich für dich bin? Ein Mittel zum Zweck?"

„Das ist nicht *alles,* was du für mich bist, aber es ist ein Teil davon. Vertrau mir, du wirst froh sein, dass ich sie ausgebildet habe. Warte nur ab."

„Sie können nicht bleiben", stöhnte ich, während es sich so anfühlte, als hätte man mir überall schmerzhafte Nadelstiche zugefügt. Ähnlich wie Octocat heute Vormittag, wollte ich die Kleinen in diesem Moment möglichst schnell loswerden, aber vor allem wollte ich nette neue Familien für jedes von ihnen finden.

Ob er das so geplant hatte? Das wäre wirklich ein gemeiner Geniestreich. Er musterte mich misstrauisch, wie ich da so abgekämpft an der Tür lehnte.

„Hör mal", fuhr ich fort, „du hast dich sehr gut

um sie gekümmert. Warum gönnst du dir nicht eine kleine Pause?"

Er gab einen spöttischen Laut von sich und trat einen Schritt auf mich zu. „Damit du meine bisherige Erziehung wieder zunichte machst? Nein, kommt nicht in Frage."

Schade eigentlich. Aber einen Versuch war es wert. Nun gut, wenn er sein Regiment unbedingt weiterführen wollte, würde ich mich allerdings schnell vom Acker machen, bevor er mit seiner nächsten Operation begann. Die Kätzchen hatten bereits wieder Aufstellung bezogen und warteten auf weitere Anweisungen, als ich mich aus dem Zimmer und nach unten schlich.

Es war für mich immer noch unfassbar, dass Octocat binnen so kurzer Zeit seine Meinung zu unseren Findelkindern geändert hatte. Wir mussten ein neues Zuhause für sie finden, und zwar schnell, bevor mein intriganter Kater sie dazu benutzte, die Weltherrschaft an sich zu reißen –zutrauen würde ich es ihm.

Charles und auch Pringle würden bestimmt bald zurück sein. Ich beschloss, auf der Veranda auf sie zu warten und dabei ein wenig durch meine sozialen Netzwerke zu browsen.

Es dauerte nicht lange, bis jemand eintraf, doch es

waren Grandma und Paisley. Beide sahen sehr erschöpft aus, was sonst so gut wie nie vorkam.

„Wie war der Kurs?", fragte ich, nachdem sie sich die Verandastufen heraufgeschleppt hatten.

„Schmerzhaft." Grandma ächzte bei jeder Bewegung. „Was machst du denn hier draußen?"

„Ich verstecke mich vor den Katzen", erklärte ich, obwohl es mir etwas peinlich war.

Meine Großmutter hielt inne und warf mir einen besorgten Blick zu. „*Katzen?* Ich glaube, ich werde langsam senil. Ich könnte schwören, wir hatten heute Morgen nur eine, besser gesagt, einen."

Ich nickte. „Das ist eine lange Geschichte. Komm mit nach oben, dann zeige ich sie dir."

Sie schüttelte langsam den Kopf. „Ich bin mir nicht sicher, ob ich es die Treppe rauf schaffe. Erst wenn meine Oberschenkel nicht mehr brennen wie Feuer, und das könnte eine Weile dauern, vielleicht auch ein paar Stunden."

„Sie hat ungefähr eine Million Kniebeugen gemacht", informierte mich der ähnlich ausgepowerte Chihuahua. „Und sie musste kein einziges Mal Pipi."

Darüber musste ich kichern. „Hast du auch Kniebeugen gemacht?"

Paisley genoss meine Aufmerksamkeit und

wedelte freudig mit dem Schwanz. „Nee, da war so ein großer Hund, mit dem ich herumgetobt habe, während die Menschen die ganze Zeit so seltsam herumgehopst sind."

„Hast du wenigstens gewonnen?"

„Na klar", bellte sie fröhlich. „Ich habe dieser dummen alten Dogge eine ordentliche Lektion erteilt. Die wird mich nicht mehr unterschätzen!"

Ha! Unsere süße Paisley – stets für Überraschungen gut.

10

Drinnen half ich Grandma, sich auf der Couch niederzulassen, und je mehr sie keuchte und stöhnte, desto froher war ich, dass in ihrem neuen Fitnesskurs kein Platz mehr für mich frei gewesen war.

„Warte hier", sagte ich, nachdem ich ihr ein Kissen in den Rücken gestopft hatte. „Ich gehe die Kätzchen holen."

Paisley folgte mir und begann auf der Treppe, leise zu wimmern.

Ich drehte mich besorgt zu ihr um, sie hüpfte jedoch weiter tapfer die Stufen hinauf. „Ich dachte, du wärst auch müde?"

Sie spitzte die Ohren. „Ja, aber ich möchte dich

trotzdem begleiten, Mami. Ich habe dich vermisst, während wir weg waren."

Warum konnte mein Kater nie so nett sein?

Obwohl sie ein Schatz war und obendrein total erschöpft, wollte ich bei den Kätzchen kein Risiko eingehen und nahm Paisley vorsichtshalber hoch, bevor ich Octocats Zimmer betrat. Paisley stieß ein empörtes Bellen aus und wand sich wütend in meinen Armen. „Menno, menno! O wie süß, die Welpen!"

„He, willst du uns beleidigen?", krächzte Octocat. „Das sind Kätzchen. Keine *Welpen,* du Banause."

Paisley wimmerte nicht einmal über die Beleidigung. Sie war viel zu aufgeregt, um sich darum zu kümmern. „Bitte lass mich runter, Mami!", bettelte sie. „Ich will Hallo sagen!"

Ich gab nach, und sogleich hüpfte sie zu den Kleinen, die noch immer in Reih und Glied standen. Begeistert quietschend leckte sie jedem zur Begrüßung die Öhrchen, woraufhin sich die Kätzchen kichernd auf die Seite fallen ließen.

„Merkt ihr nicht, dass ich hier gerade unterrichte?", fauchte Octocat mit drohend zuckendem Schwanz.

„Doch, aber deine Klasse macht jetzt gleich einen Ausflug. Grandma möchte sie kennenlernen."

„Dann soll sie hierherkommen. Es ist besser, wenn sie in ihrer gewohnten Umgebung bleiben, sonst ist am Ende mein ganzes Training dahin."

Vielleicht wäre das besser so. Vor allem Operation Räuberleiter sollten sie schnellstens für immer vergessen.

Ich sog die Luft durch die Zähne ein und schüttelte den Kopf. „Das geht nicht, Schnucki. Grandma sitzt unten und kann sich nicht rühren, also bringen wir die Babys zu ihr."

„Wie oft habe ich dir schon gesagt, dass du mich nicht so nennen sollst?" Octocat seufzte schwer, während wir Paisley dabei zusahen, wie sie die wuseligen Fellknäuel liebevoll abschleckte.

„Mami?", rief eines der Kätzchen in die Runde und kuschelte sich an die fürsorgliche Hündin.

„Mami!", erwiderten die anderen im Chor.

Octocat keuchte. Ich kicherte.

Paisley trabte zu uns herüber, und die Fellknäuel folgten ihr auf dem Fuß. „Mami", wandte sich die Hündin an mich, „die Katzenwelpen rufen nach dir."

Ich beugte mich hinunter und kraulte sie zwischen den Ohren. „Ich glaube, sie rufen nach *dir*, Süße. Sie haben beschlossen, dass du ihre Mami bist."

„Ich? Ihre Mami? Oh, das ist so ..." Vor lauter Rührung quollen Paisleys dunkle Augen über vor

Tränen. In nur wenigen Wochen würden die Kätzchen wahrscheinlich allesamt größer sein als sie selbst, aber sie würde nun für immer ihre Mutter sein, daran bestand kein Zweifel.

„Mami", gurrten die Kleinen, und dann, an Octocat gewandt, „Papi".

„*Octavius*", trällerte Paisley, die immer noch Freudentränen weinte. „Wir haben Welpen zusammen. Heißt das, wir sollten heiraten?"

„Ich wäre jetzt bereit zu gehen, Angela", teilte mir Octocat mit tonloser Stimme mit und drehte sich zur Tür. Der arme Kerl hatte eindeutig die Nase voll von dem ganzen Wahnsinn, der heute schon passiert war.

„Paisley, kannst du einen Moment auf sie aufpassen? Ich bin gleich wieder da."

„Ja, Mami." Sie kehrte zu ihrem Wurf zurück und begann, mit ihnen fangen zu spielen. Sie ging voll auf in ihrer Mutterrolle, obwohl sie die Babys gerade erst kennengelernt hatte.

„Hey Mami, jetzt bist du eine Omi!", rief sie mir hinterher, kurz bevor ich die Tür hinter Octocat schloss.

Na toll. Ich fühlte mich noch nicht bereit, zu heiraten und eigene Kinder zu haben, aber trotzdem war ich heute auf wundersame Weise schon Großmutter geworden. Ich schob diesen Gedanken beiseite und holte die Katzentransportbox aus dem Abstellraum. Darin wollte ich die Kätzchen nach unten bringen, denn es fühlte sich einfach nicht richtig an, sie wieder in diese blutige, ramponierte Schachtel zu stecken.

Paisley redete beruhigend auf ihre Schützlinge ein, sodass es ein Kinderspiel war, sie alle in die Transportbox zu kriegen. Unten angekommen, stellte ich die Box neben Grandma auf die Couch und öffnete die Gittertür.

„Das ist Grandma. Sie ist quasi eure Uromi", teilte die stolze Hundemutter ihren Zöglingen mit. „Passt auf, dass ihr nicht von der Couch fallt oder springt. Wir Chihuahuas haben empfindliche Knochen."

Gerade als ich mich fragte, ob Paisley die kleinen Fellnasen jetzt schon für ihre echten Babys hielt, erblickte Grandma die Kätzchen und jauchzte vor Freude.

„Wo kommt ihr denn her?", flötete sie mit einer Babystimme, die normalerweise Paisley vorbehalten blieb.

Ich erzählte ihr die Einzelheiten, während sie die Kleinen herzte und streichelte.

„Wie furchtbar! Was für ein Monster muss das sein, das so süße Babys aussetzt?", fragte sie, nachdem ich mit meinem Bericht fertig war.

Ratlos schüttelte ich den Kopf. „Ich weiß nicht, wer das getan hat und warum, aber mich interessiert eigentlich noch viel mehr, woher das Blut stammt."

„*Blut?*", bellte Paisley erschrocken. „Sind meine Katzenwelpen verletzt? Wir müssen sofort zum Tierarzt gehen!"

Die kleine Hündin schien sich in Windeseile zu einer Helikoptermutter zu entwickeln, aber trotzdem fand ich die Idee ziemlich gut. Warum war ich nicht schon früher darauf gekommen? Wahrscheinlich waren wir schlichtweg zu beschäftigt damit gewesen, etwas über ihre Herkunft herauszufinden, ihnen Futter zu besorgen und auf sie aufzupassen.

„Wir sollten mit ihnen zum Tierarzt fahren", stimmte ich mit einem Nicken zu. „Sie scheinen zwar nicht verletzt zu sein, aber es ist besser, auf Nummer sicher zu gehen."

„Lass uns direkt fahren. Ich muss wissen, ob es meinen Welpen gut geht!" Paisley wimmerte und leckte ihre Babys erneut ab. Aus irgendeinem Grund schien sie zu glauben, dass es grundsätzlich eine besondere Wirkung hatte, wenn man jemandem das Innenohr abschleckte. Sie tat das nämlich auch bei mir, wenn ich nicht aufpasste. Dann schlich sie sich gerne an mich heran, um ihre warme, feuchte Zunge in mein Ohr zu stecken.

Glücklicherweise bog Charles in diesem Moment in die Einfahrt ein, was Paisley veranlasste, ihre Panik vorübergehend zu vergessen und stattdessen vor Aufregung zu kläffen.

Auch die Kätzchen miauten ein Bellen, was sich extrem komisch anhörte, sodass ich laut loslachte. Anscheinend war die kleine Hundedame nicht die Einzige, die nicht wusste, zu welcher Art unser Wurf gehörte.

„Ich bin wieder da", rief Charles, als er im Hausflur angelangt war. Kurz darauf betrat er das Wohnzimmer. „Habt ihr mich vermisst?"

Ich lächelte erleichtert. „Du hast ja keine Ahnung, wie sehr." Das konnte er wirklich nicht ahnen, denn obwohl noch nicht einmal eine Stunde vergangen war, hatte sich in dieser Zeit dennoch rekordverdächtig viel ereignet.

Er stellte die Tüte aus dem Tierladen auf den Tisch, holte zwei Edelstahlschüsseln heraus und öffnete zwei Dosen mit Katzenfutter. Die Kleinen erkannten den Geruch eindeutig als etwas Fressbares.

„Hunger", schrien sie mit ihren niedlichen Babystimmen und stürzten sich zum Rand der Couch. Paisley gelang es, eines am Genick zu packen, bevor es über die Kante plumpsen konnte. „Vorsichtig, mein Schatz."

Charles, Grandma und ich setzten die Kätzchen vor die Schalen auf den Boden und sahen zu, wie sie das Futter verschlangen.

„Soll ich noch eine Dose aufmachen?", fragte er mich mit einem fragenden Blick.

„Lieber nicht. In ihre kleinen Mägen passt noch nicht viel rein, und ich will nicht, dass sie sich überfressen, vor allem, weil wir gleich zum Tierarzt fahren."

„Ich komme nicht mit!", verkündete Octocat aus dem Raum nebenan.

„Du bist auch nicht eingeladen!", entgegnete ich. Jetzt, da Paisley netterweise die Verantwortung für den Wurf übernommen hatte, brauchten wir die Hilfe von Oberoffizier Octavius nicht mehr.

Blieb nur zu hoffen, dass sie es verkraften würde, wenn wir die Kätzchen zu ihren neuen Familien gebracht hatten. Es würde mir unendlich leidtun, ihr das Herz zu brechen.

11

Und schon waren wir auf dem Weg zur Tierarztpraxis, inklusive Grandma. Charles hatte vorher angerufen, um unseren Besuch ohne Termin anzukündigen, und der Sprechstundenhilfe am Telefon von den entzückenden Kätzchen vorgeschwärmt. Sie würden es nicht bereuen, uns dazwischenzuschieben, meinte er freundlich zu ihr.

Unser Grüppchen erregte ziemlich viel Aufsehen, als wir mit der miauenden Kiste in die Praxis marschierten, begleitet von der Chihuahua-Hündin, die aufgeregt neben uns herlief und ihren Katzenkindern Mut zubellte.

„Keine Sorge, meine Süßen. Ihr seid nicht krank. Der Arzt wird nur dafür sorgen, dass das so bleibt.

Das gehört alles zum Erwachsenwerden dazu. Ihr werdet doch für Mami tapfer sein, oder?"

„Mami! Ja, Mami!" Anscheinend hatten sie noch nicht alles vergessen, was sie bei Octocat gelernt hatten.

„Lassen Sie mich raten", sagte die Dame am Empfang, die aufgestanden war, um einen besseren Blick auf die Transportkiste zu erhaschen. „Sie müssen die Russo-Truppe sein."

„So ist es", bestätigte ich ihr mit einem Nicken, obwohl ich die Einzige war, deren Nachname tatsächlich Russo lautete.

„Kommen Sie mit. Dr. Lowe ist gerade mit einem anderen Patienten fertig. Sie sollte gleich bei Ihnen sein." Sie lächelte, gab uns ein Zeichen, ihr zu folgen und führte uns mit ausladenden Hüftbewegungen in Untersuchungsraum zwei. „Viel Glück!", sagte sie, bevor sie die Tür hinter uns schloss.

Charles blieb stehen, damit Grandma und ich uns auf die beiden Stühle setzen konnten. „Habt ihr gesehen, dass auf ihrem Kittel Pfotenabdrücke und Knochen abgebildet waren? Das ist so toll. Ich wünschte, Anwälte könnten sich ausgefallener kleiden, aber jeder im Gerichtssaal würde mich wahrscheinlich für verrückt erklären, wenn ich einen

Anzug mit einem aufgedruckten Hammer oder einer Waage anhätte."

„Mach es doch einfach trotzdem", schlug Grandma augenzwinkernd vor. Schließlich war sie unsere Königin der ausgefallenen Outfits. Sie würde so ziemlich alles tragen, solange es nur den richtigen Pinkton hatte.

Ich lachte ein wenig angespannt. Wenigstens war Weihnachten schon vorbei, sonst würde Grandma meinem Freund womöglich einen neuen pinkfarbenen Anzug schenken. *O bitte nein.*

Wie angekündigt betrat Dr. Britt Lowe einige Minuten später mit einem Klemmbrett in der Hand den Raum. Sie war die jüngste der Tierärzte in der Praxis und diejenige, die unsere Haustiere am häufigsten behandelte. Sie musterte uns mit großen Augen und erwartungsvoller Miene. „Wie ich hörte, haben Sie einen Wurf Kätzchen."

„Ja, aber ungewollt", stellte ich rasch klar, obwohl ich nicht genau wusste, warum. „Jemand hat sie heute Morgen auf unserer Türschwelle abgestellt."

Sie warf einen Blick auf ihre Akte. „Ich habe hier eine Notiz, dass sie überall voller Blut waren?"

„Also, nicht überall", erklärte Charles. „Aber sie hatten es an den Pfoten und auch teilweise im Fell. Wir mussten sie waschen."

„Das war sicher ein Spaß", erwiderte die Tierärztin lachend. „Holen wir sie raus, damit ich mir sie ansehen kann. Am besten eines nach dem anderen, wenn das geht."

„Okay, Kinder", kläffte unsere Chihuahua-Mami. „Seid lieb zur Frau Doktor. Kein Beißen oder Knurren, verstanden?"

Dr. Lowe bückte sich und streichelte die Hündin. „Oh, hallo. Ich habe dich gar nicht gesehen, Paisley."

„Sie hängt bereits sehr an den Kleinen", sagte ich stirnrunzelnd. Je länger es dauerte, bis wir sie in andere Hände vermitteln konnten, desto trauriger würde Paisley darüber sein.

„Ich wette, Ihr Kater ist weniger erfreut", merkte Dr. Lowe an und kicherte erneut.

„Diese Wette würden Sie auf jeden Fall gewinnen." Octocat hatte selbst hier längst den Ruf weg, eine Diva zu sein. Aber der Gute konnte ja auch nichts dafür, dass er seine ersten Lebensjahre mit übermäßigem Luxus verwöhnt worden war.

Charles übergab der Ärztin eines der Kätzchen.

„Hallo, du süßer Fratz", gurrte sie. „Hach, deshalb liebe ich meinen Job."

Sie lächelte von einem Ohr zum anderen, während sie die Patientin untersuchte. „Ein Mädchen. Etwa sieben oder acht Wochen alt. Wahrscheinlich eine Maine Coon oder ein Maine-Coon-Mix."

Sie setzte ein Stethoskop an die Brust des Tierchens. „Der Herzschlag ist gut, und soweit ich sehen kann, hat sie keine Verletzungen."

„Das Blut war also nicht von ihr?", fragte Grandma mit verschränkten Armen.

„Nein, aber ich habe die anderen vier ja noch nicht gesehen."

Sie reichte mir das erste Kätzchen, und Charles holte das nächste aus der Box. Auch mit diesem schien alles in Ordnung zu sein. Die Ärztin schaute sich die Kleinen der Reihe nach an – drei Mädchen und zwei Jungen – und erklärte sie schließlich alle für gesund und unverletzt.

„Woher kam das Blut denn dann?", wollte Charles wissen.

Dr. Lowe schüttelte den Kopf. „Tut mir leid, aber das kann ich nicht sagen."

„Ist es in Glendale schon öfters vorgekommen, dass ein Wurf Kätzchen vor irgendeiner Haustür ausgesetzt wurde?", fragte ich nachdenklich. Zwar war ich froh, dass unsere Findelkinder den Gesundheitscheck bestanden hatten, aber die Ungewissheit bezüglich ihrer Herkunft fühlte sich nicht gut an.

„Nein, das ist mir noch nie untergekommen",

antwortete sie, was jedoch nicht unbedingt etwas heißen musste, da sie noch nicht lange hier arbeitete. „Glauben Sie, dass sie zufällig ausgerechnet vor Ihrer Tür abgestellt wurden, oder hat das jemand ganz bewusst getan?"

„Das ist es, was wir herauszufinden versuchen", antwortete Charles an meiner Stelle.

„Und bisher tappen wir im Dunkeln", fügte ich mit einem tiefen Seufzer hinzu.

„Das Wichtigste ist, dass die Kleinen jetzt bei Ihnen in Sicherheit sind. Wenn Sie Hilfe bei der Suche nach einem neuen Zuhause für sie brauchen, können wir am Empfang einen Aushang machen", schlug sie vor, während sie eine Notiz in ihre Akte schrieb. „Der heutige Besuch ist kostenlos. Alles Gute!"

Dr. Lowe verließ den Raum, und wir setzten die Kätzchen zurück in die Transportbox. Das plötzliche Auftauchen der Babys war für mich immer noch sehr verwirrend. Ob mir jemand damit eine Art Drohung schicken wollte? War das der Grund für das Blut, das an ihnen klebte? Es mochte weit hergeholt erscheinen, aber mir war schon einmal gedroht worden, dass man mich umbringen würde. Es könnte also wieder so etwas sein, wenngleich auf eine ziemlich fiese Art und Weise.

„Und was machen wir jetzt?", fragte ich Charles.

Die Antwort kam von Grandma: „Was auch immer dahintersteckt, die Kätzchen sind nun mal bei uns gelandet, und ich finde, wir sollten ihnen jetzt einfach ein liebevolles Zuhause zu geben. Der Rest kann uns doch gestohlen bleiben."

„Ja! Ja! Lasst uns das machen!" kläffte Paisley aufgeregt und raste enthusiastisch im Empfangsraum herum.

„Grandma", murmelte ich, „ich denke, das sollten wir *gemeinsam* besprechen." Sie errötete, als ich sie durchdringend ansah, entschuldigte sich aber nicht für ihren Vorschlag.

„Willst du eins von ihnen behalten?", fragte ich Charles.

„Jacques und Jillianne würden mir nie verzeihen, wenn ich noch ein Tier mit nach Hause brächte. Du weißt doch, wie sie sind." Er hatte recht. Seine beiden Nacktkatzen waren nicht gerade gastfreundlich. Außerdem sprachen sie nur in Reimen und Rätseln, was ein kleines Kätzchen sicher in den Wahnsinn treiben würde.

Zum Glück blieben Großmutter und Paisley ruhig, als wir die Praxis verließen. War ich ein schlechter Mensch, weil ich nicht eine Armee von Katzen bei uns aufnehmen wollte? Und wer wusste schon, ob sie nicht einen psychischen Schaden davontragen würden, wenn Octocat sie weiter drillte? Die Kratzer, die er und die fünf mir zugefügt hatten, als sie an mir hochgeklettert waren, brannten immer noch. Nein, so etwas könnte ich definitiv nicht jeden Tag ertragen.

Mir kam noch etwas in den Sinn, und das jagte mir einen gehörigen Schrecken ein: Was, wenn die Kätzchen bei der Detektivarbeit helfen wollten? Mit einer Katze zu kooperieren, erforderte schon eine Menge Geduld und Feingefühl, aber mit sechs? Nein, vielen Dank auch. Dann würde ich lieber für den Rest meines Lebens als Anwaltsgehilfin arbeiten, selbst wenn es mich nicht erfüllte.

„Wir können sie nicht behalten", platzte es ein paar Minuten aus mir heraus, als mein Entschluss feststand. „Aber wir werden dafür sorgen, dass jedes von ihnen ein perfektes Zuhause bekommt."

Grandma verschränkte die Arme vor der Brust und schmollte, während Charles zustimmend nickte. „Wir werden tolle Menschen für sie finden", sagte er und drückte meine Hand.

Ich blickte zu Paisley, die niedergeschlagen auf meinem Schoß lag. „Ich schätze, alle Welpen müssen eines Tages erwachsen werden. Ich hatte nur nicht erwartet, dass dieser Tag für meine Kleinen schon so bald kommen würde."

Ich musste mir auf die Zunge beißen, um sie nicht daran zu erinnern, dass sie „ihre" Welpen erst seit kaum einer Stunde kannte.

Was wir jetzt brauchten, war ein rasches ein Happy End für alle – ein schönes neues Zuhause für jedes der Kätzchen –, um ihnen und ihrer Hundemutter den Abschied so leicht wie möglich zu machen. Und bis dahin war alles andere unwichtig.

12

Als wir wieder zu Hause waren, kümmerte sich Paisley im Wohnzimmer um die Baby-Vierbeiner, während Grandma das Mittagessen für die Zweibeiner vorbereitete.

Charles und ich gingen in mein Büro im Bibliothekszimmer, um eine Online-Anzeige für die Kätzchen aufzugeben und einen Aushang für die Tierarztpraxis zu entwerfen. Obwohl wir die Kleinen nach Pringles Meinung ja verkaufen sollten, entschieden wir uns, sie kostenlos in gute Hände abzugeben, vorausgesetzt, der künftige Besitzer konnte eine tierärztliche Empfehlung vorweisen.

„Es tut mir leid, dass unser gemeinsamer Tag heute ruiniert wurde", sagte ich zu ihm, während ich in einem Freeware-Grafikprogramm den

Aushang zusammenstellte. Dasselbe Programm hatte ich auch benutzt, um ein einfaches Logo für die Website unserer Detektei, „Pet Whisperer P.I.", zu erstellen.

Charles stellte sich hinter mich und streichelte meine Schultern. „Quatsch, wieso denn? Das hier ist doch großartig. Daran werden wir uns noch ewig erinnern."

„Na ja, definitiv besser, als nur fernzusehen", räumte ich ein, obwohl ich in diesem Moment liebend gerne mit ihm auf dem Sofa gechillt und gekuschelt hätte. Tatsächlich hatten wir fast nie Zeit, einfach nur zu entspannen, weil sich in unserem Leben immer irgendwelche verrückten Dinge abspielten.

Ein Klopfen an dem großen Erkerfenster ließ mich aufschrecken. Unser launischer Waschbär von nebenan stand auf dem Sims und wartete darauf, hereingelassen zu werden. Das passierte in letzter Zeit häufiger und war der Grund, warum ich über einen Sichtschutz dort nachdachte.

„Was ist los?", fragte ich, nachdem ich ihm das Fenster geöffnet hatte.

„Was ist ... los?", äffte Pringle mich nach, wobei er zwischendrin heftig nach Luft schnappte. „Ist das alles ... was du von mir wissen willst ... nachdem ich für dich ... ermittelt habe, wo diese ... lästigen kleinen Pelzknäuel ... herkommen?"

O ja, richtig! In der ganzen Aufregung hatte ich fast vergessen, dass ich ihn auf eine Mission geschickt hatte, um ihn abzulenken und vielleicht etwas Neues herauszufinden. „Schön, dass du zurück bist. Und, was hast du für mich?"

Er hüpfte hinunter und stützte sich mit einer Hand an der Wand ab. „Erst brauche ich eine Stärkung ... Dann werde ich berichten."

„Bin gleich wieder da", sagte ich zu Charles.

„Was?", fragte er verdutzt. „Lass mich nicht allein mit diesem Vieh!"

„Mit diesem *Vieh?*", rief Pringle wütend. „Mit diesem Vieh? Ich bin ein Waschbär, mein Freund, und ich stamme von der reinrassigsten Waschbärfamilie in ganz Maine ab." Plötzlich verstummte er und fasste sich mit seiner rechten pelzigen Hand an die Brust. „Ich meine ... bitte ... Ich brauche etwas zu essen."

„Netter Versuch, aber musst du immer so übertreiben?", schimpfte ich, kehrte zu meinem Schreibtischstuhl zurück und drehte mich zu ihm um. „Ich hole dir gleich etwas, aber zuerst erzählst du mir, was du herausgefunden hast."

Pringle wusste, dass die Nummer gelaufen war,

richtete sich auf und knackte den Nacken zur Seite. „Okay, gut."

Ich wartete, während er sich mit den Fingern durchs Fell kämmte, um sich zu sammeln, wie er es öfters tat. Schließlich begann er: „Ich bin meilenweit gerannt, aber mit dem Fall bin ich nicht weitergekommen."

„Hast du es überhaupt versucht?", fragte ich skeptisch. Er war so lange weg gewesen, dass ich mir Hoffnungen auf einen neuen Hinweis gemacht hatte. Doch das Glück war wohl nicht auf unserer Seite.

„Willst du mich beleidigen?", zischte er und fletschte die Zähne. „Natürlich habe ich es versucht. Ich habe jedes Tier gefragt, das mir über den Weg gelaufen ist, aber niemand wusste etwas über die Waisenkätzchen."

„Wenn wir hiermit durch sind, müssen wir an deinen Manieren arbeiten", rutschte es mir heraus.

Pringle ließ sich auf alle Viere fallen und starrte mich hocherhobenen Hauptes an. „Ist das dein Ernst? Ich verbringe den halben Tag damit, deine Drecksarbeit zu erledigen, und das ist der Dank dafür? Ich gehe jetzt", fauchte er.

„Warte. Es tut mir leid. Lass mich dir etwas zu essen holen. Fancy Feast?" Obwohl Octocat auf eine neue Katzenfuttermarke namens Delicious Delights umgestiegen war, um die Modelkarriere seiner Freundin zu unterstützen, musste ich diese Sorte immer noch kaufen, um die regelmäßigen Heißhungerattacken des Waschbären zu stillen.

„Ja, und ein paar Steaks, bitte", fügte er hinzu und leckte sich das Maul.

„Wie viele meinst du genau mit *ein paar Steaks*?"

„Wie viele hast du denn?"

„Ich hole es", bot Charles an. Als er an mir vorbeiging, flüsterte er mir ins Ohr: „Dann bist du wenigstens nicht schuld, wenn es nicht seinen Ansprüchen entspricht."

„Das habe ich gehört", beschwerte sich Pringle, nachdem Charles den Raum verlassen hatte. „Dafür bekomme ich jetzt doppelt so viele. Medium rare gebraten. Und bitte nicht dieses billige Zeug. Du kaufst mir nie die guten Steaks."

Die kaufte ich für mich auch nie. Und sollten sich Waschbären nicht eigentlich selbstständig ernähren? Nein, mit der Tour kam er bei mir nicht durch.

„Sorry, aber das kommt nicht infrage. Nicht, nachdem du meine Privatsphäre so krass verletzt hast."

„Ich verstehe wirklich nicht, warum ihr Menschen so besessen von eurer *Privatsphäre* seid." Das letzte Wort setzte er mit den Fingern in Anführungszeichen. „Es ist ja nicht so, dass ihr euch um unsere schert.“

Das konnte ich nicht auf mir sitzen lassen. „Sag mal, wovon redest du? Ich störe dich doch nie. Es ist immer andersherum.“

„Jetzt bin ich also ein Störenfried?“

„So habe ich es nicht gemeint. Es ist nur …“

„Nur was?“ Er fixierte mich herausfordernd mit weit aufgerissenen Augen.

Mit ihm zu diskutieren, war schon immer ziemlich zwecklos gewesen, und ich hatte gerade zu viele andere Dinge im Kopf, als dass ich jetzt wirklich darauf einsteigen wollte. „Vergiss es“, seufzte ich daher nur.

„Also, wie schon gesagt, du schuldest mir etwas. Aber keine Sorge, ich weiß bereits genau, was ich gerne hätte, und es wird dich auch nicht viel kosten.“

Oh, großartig. Wenn ich nicht darauf einginge, würde er vielleicht die Klappe halten, bis Charles mit seinem erpressten Essen zurückkehrte.

„Ich liebe meine Carla, aber ich glaube, mit zweien von ihrer Sorte würde es mir noch besser gefallen“, erklärte er, während er so tat, als würde er mit der Waffe auf mich zielen. Gott sei Dank wusste ich, dass er damit seine Nerf-Gun meinte, sonst hätte mich sein Machogehabe im Namen aller

Waschbär- und anderen Frauen dieser Welt ziemlich geärgert.

„Ich werde dir ganz sicher nicht noch eine Carla kaufen", sagte ich mit fester Stimme. Ich wusste, dass er es ausnutzen würde, wenn ich auch nur ein ganz kleines bisschen nachgab.

„Es ist okay, wenn es kein Markenartikel ist. Ich bin nicht wählerisch."

„Na super."

„Du kannst sie mir bis Sonnenuntergang in mein linkes Baumhaus liefern." War das nicht der Gipfel der Unverschämtheit? Dass er mir sogar vorschrieb, in *welches* Baumhaus ich ihm seine Belohnung, die er einfach so voraussetzte, bringen durfte.

„Ich werde nichts tun, bevor wir nicht herausgefunden haben, was mit diesen Kätzchen ist", sagte ich, mehr als genervt von seinen Forderungen. „Und falls du dich erinnerst, hast du nicht einmal irgendetwas dazu beigetragen."

„Hey, das ist nicht meine Schuld! Ich habe es versucht!", quietschte er. Endlich schien er die Fassung zu verlieren, was bedeutete, dass er hoffentlich gleich einknicken würde.

„Okay, wer hat Hunger auf Mittagessen?", rief Charles gutgelaunt, als er wieder zu uns stieß. Er trug zwei Teller mit gegrillten Gruyère-Tomaten-Sandwiches herein und dazu eine große Tüte, aus der es nach einer erlesenen Mischung Junkfood duftete.

„Grandma hat mich gebeten, dass wir hier oben essen, damit sie etwas Zeit mit den Kätzchen allein verbringen kann", antwortete er auf meine unausgesprochene Frage.

„Und das hier, mein Freund, ist für dich." Er reichte Pringle die Papiertüte, die dieser ihm fast aus der Hand riss.

„Mach mir die Tür auf, bitte", raunte er, ohne auch nur einen Blick in meine Richtung zu werfen.

Da ich ihn ohnehin loswerden wollte, öffnete ich ihm bereitwillig und sah zu, wie er die Treppe hinunterkletterte. Allerdings musste ich ihm dann nach unten folgen, um ihm zu helfen, weil die Haustierklappe immer noch abgeschlossen war.

„Ich bin am Verhungern", seufzte ich, als ich wieder in der Bibliothek eintraf.

Charles ließ sich auf dem Fensterplatz nieder und wartete darauf, dass ich mich zu ihm setzte. Er reichte mir einen Teller, und ich nahm sofort einen großen Bissen von meinem Sandwich, nachdem ich ihm ein Danke zugemurmelt hatte – hmm, so was von lecker. Ich schloss genüsslich die Augen, und gemeinsam verputzten wir unsere Sandwiches beinahe genauso gierig wie die Minis zuvor ihr Dosenfutter.

„Verstehst du, warum Grandma allein mit den Kätzchen sein wollte?" Charles wischte sich mit einer Serviette über den Mund. „Meinst du, dass sie etwas ausheckt, damit ihr sie behaltet? Hältst du das für möglich?"

Fieberhaft sprang ich auf. „Auf die Idee war ich noch gar nicht gekommen! Komm, wir müssen Gas geben!"

Ich packte seine Hand, zerrte ihn hoch, und schon rannten wir über den Flur und die Treppe hinunter. Wenn wir uns beeilten, konnten wir sie vielleicht noch aufhalten, was auch immer sie vorhatte.

Oh, meine Großmutter hatte es wirklich faustdick hinter den Ohren!

13

nten fanden wir niemanden außer Octocat vor, der selbstgefällig auf dem Couchtisch saß und offensichtlich bereits auf uns wartete.

„Vermisst ihr etwas?", fragte er süffisant, wobei ein gemeines Grinsen über sein Gesicht huschte. Mehr brauchte er nicht zu sagen. Grandma hatte sich ohne Zweifel mit den Kätzchen aus dem Staub gemacht. „Wie lange ist sie schon weg?", entgegnete ich und erntete einen hämischen Blick.

„Sie ist aus dem Haus gestürmt, kurz nachdem der Kotzbrocken mit dem Essen nach oben gegangen ist." Er gähnte und streckte sich, bevor er sich wieder vor mich hinsetzte. „Übrigens, mir hat bisher niemand etwas zum Lunch angeboten."

Oh, Mann. Ich ahnte, dass es eine Weile dauern würde, meinen Kater zu überreden, mir zu helfen. In der Zeit könnte Großmutter es glatt bis nach Florida schaffen.

„Du isst sonst nie mittags", erinnerte ich ihn sanft, während ich betete, dass meine Vorahnung mich dieses Mal trog.

„Du bekommst dein Essen doch immer morgens und abends", fügte ich beschwichtigend hinzu.

„Es wäre trotzdem schön, gefragt zu werden. Vor allem, weil ich weiß, dass du dem Waschbär Steaks versprochen hast."

„Ich habe ihm definitiv nichts versprochen."

„Tja, ich schätze, dann kommen wir so nicht weiter." Er kehrte mir den Rücken zu und amüsierte sich wahrscheinlich gerade köstlich darüber, wie leicht er mich mal wieder um die Pfote wickeln konnte. Aber ich hatte keine Zeit zu verlieren, wenn ich Paisleys Gefühle schützen und herausfinden wollte, wohin Grandma die Kätzchen gebracht hatte – und beides hatte für mich im Moment oberste Priorität.

„Weißt du, wo sie hingefahren ist?", fragte ich in einem zittrigen Flüsterton.

Er schnippte zweimal mit dem Schwanz und

drehte sich dann langsam in meine Richtung. „Vielleicht“, antwortete er knapp.

Das war immerhin kein Nein. Ich würde sein kleines Spiel wohl oder übel mitspielen müssen. Deshalb erwiderte ich seufzend: „Also gut, was willst du dafür haben? Eine Dose Futter?“

Er gab einen Zischlaut von sich. „So leicht kannst du mich nicht abspeisen. Da musst du dir schon etwas Besseres einfallen lassen“, erwiderte er mit leuchtenden Augen und leckte sich über die Lippen. „Ein Steak zum Beispiel wäre für den Anfang nicht schlecht.“

„Magst du denn überhaupt Steak? Du hast doch noch nie eins probiert, oder?“ Obwohl ich gerade erst gegessen hatte, lief auch mir bei dem Gedanken daran das Wasser im Mund zusammen.

„Nein, habe ich nicht. Und da liegt ehrlich gesagt auch das Hauptproblem. Du nimmst einfach nicht genug Rücksicht auf mich und meine Bedürfnisse.“

Ich musste mich schwer zusammenreißen, um nicht laut loszuschreien, denn tatsächlich drehte sich mein ganzes Leben um diesen Kater und seine Wünsche und Bedürfnisse.

Er schnupperte und sah mich mit hocherhobener Nase an. „Ich hätte gerne mindestens sieben Steaks, eines für jedes meiner sieben Leben, mit denen ich auf die Welt gekommen bin."

Ich seufzte und stimmte seiner übertriebenen Forderung mit einem Nicken zu. Je schneller wir seine vermutlich noch längere Wunschliste abgearbeitet hatten, desto eher würde er mir endlich helfen.

„Außerdem hätte ich gerne ein Hummerbrötchen vom Little Dog Diner." Er machte eine rhetorische Pause und holte Luft.

„Aber das Little Dog Diner ist drüben in Misty Harbor", wandte ich rasch ein.

„Ich weiß, wo es ist. Und ich weiß auch, dass es dort die besten Hummerbrötchen in ganz Blueberry Bay gibt, also wirst du hinfahren."

Ich biss die Zähne zusammen und ballte die Fäuste. „Gut. Sonst noch was?"

„Ja. Das Beste kommt zum Schluss." Sein breites Lächeln ließ mich erstarren. Der Himmel stehe mir bei.

„Weißt du", fuhr er fort, ohne meinem erschrockenen Gesicht Beachtung zu schenken, „so gerne ich auch gelegentlich Zeit mit Pringle verbringe, in den letzten Wochen ist er ziemlich unausstehlich."

„Lass mich raten. Carla." Darin waren wir uns ausnahmsweise einig. Vielleicht sollten wir uns zusammentun, um dem Waschbären eine Lektion zu erteilen.

Octocat machte ein schnalzendes Geräusch und zeigte mit einer Pfote in meine Richtung. „Bingo."

„Und was stellst du dir genau vor? Willst du auch eine Nerf-Gun?", fragte ich kichernd.

„Oh, Angela. Ist dir nicht aufgefallen, dass ich keine Daumen habe, um so ein Ding zu bedienen? Also wirklich, ich dachte, du würdest mich besser kennen. Ich brauche eine spezielle Waffe, die diejenigen von uns, die über so etwas nicht verfügen, nicht diskriminiert."

Ich seufzte. Vielleicht waren wir ja doch nicht auf derselben Seite. „Was zum Beispiel?", fragte ich höflich.

Mein Kater fixierte mich unablässig. „Ich dachte an eine Streitaxt."

„Willst du mich verarschen?", stotterte ich ungläubig. „Ich werde dir auf keinen Fall eine Streitaxt schenken. Du würdest mir wahrscheinlich gleich den Fuß abhacken, wenn ich das nächste Mal vergesse, dich zu füttern."

„Vielleicht wärst du danach mir gegenüber etwas aufmerksamer."

Er lachte schadenfroh, als ich mir an den Knöchel fasste, weil ich dort einen Phantomschmerz verspürte. Eine Streitaxt würde ich ihm definitiv nicht besorgen.

„Ich gebe mein Bestes. Das solltest du eigentlich wissen. Aber so ein Mordinstrument kommt mir nicht ins Haus. Also überleg dir etwas anderes."

Er räusperte sich und meinte dann: „Ein Schwert."

Ich schüttelte den Kopf.

„Ein Morgenstern", schlug er nun vor.

„Bitte?"

„Ein Morgenstern, Angela. So ein großer, stacheliger Ball am Ende einer Kette."

„Ich weiß, was das ist, aber sag mal, geht's noch? Verrat mir mal bitte, wozu du all diese schweren mittelalterlichen Waffen brauchst?", presste ich erschrocken hervor. Es war nicht das erste Mal, dass mir mein Kater Angst einjagte, aber das bislang schlimmste. Mein kleines Genie hatte ganz offenbar ziemlich labile Züge.

„Um mich zu verteidigen", antwortete er, als ob das völlig selbstverständlich wäre.

„Gegen Schaumstoffpfeile?"

Octocat lächelte und nickte. „Ganz genau."

„Ich könnte dir ein Schaumstoffschwert besorgen", bot ich ihm mit einem resignierten Achselzucken an. „Oder vielleicht so ein

Spielzeuglaserschwert. Das wäre doch cool. Ähm, oder nicht?"

Er stand auf und stolzierte von einem Ende des Tischs zum anderen. „Angela, wirklich! Echte Probleme erfordern echte Lösungen, kein billiges Kinderspielzeug."

Ich verkniff mir, ihn darauf hinzuweisen, dass Pringles Waffe auch ein Spielzeug war, denn egal, was ich sagte, es schien alles nur noch schlimmer zu machen.

Ich konnte ihm ansehen, wie es in seinem Kopf ratterte, was er noch verlangen könnte. Er setzte mehrfach an, bevor er schließlich tatsächlich etwas Vernünftiges von sich gab: „Du scheinst eine Abneigung gegen mittelalterliche Waffen zu haben. Wie wäre es, wenn wir uns stattdessen den Kampfkünsten zuwenden?"

Ja, Kampfsport. Allein mit der Kraft seiner eigenen Pfoten würde er keinen so großen Schaden anrichten können, deshalb fand ich es deutlich weniger beängstigend. Es könnte tatsächlich funktionieren.

Ich nickte energisch, um ihm zu zeigen, wie sehr mir diese Idee gefiel. „Ich bin sicher, wir können dich in ein Dojo schleusen, damit du ein paar Selbstverteidigungstechniken lernst."

„Das habe ich nicht gemeint, das dürfte dir ja wohl klar sein, oder? Ich will mir nicht die Pfoten an dieser wilden Bestie schmutzig machen. Ich brauche eine Waffe, die das für mich erledigt. Wie wäre es also mit einem Nunchaku?"

„Ein Nunchaku?", kreischte ich.

„Ja, ich könnte ein Ende in den Mund nehmen und das andere schwingen, um Pringle damit zu treffen", erklärte er sachlich.

„Versprichst du, es nicht gegen mich zu verwenden?"

Er blickte zu Charles.

„Oder Charles!", fügte ich hinzu.

Mein Kater schüttelte den Kopf, als würde ihm die Antwort Schmerzen bereiten. „Das kann ich leider nicht, aber ich versichere dir, dass ich meine Pläne, dein Schlafzimmer zu durchwühlen, aufgeben werde, wenn du dem Nunchaku zustimmst."

Wunderbar, eine weitere Bestechung.

„Okay, gut. Ich werde dir ein Nunchaku besorgen, wenn dir das so wichtig ist. Und jetzt sag mir, was du über Grandmas Pläne weißt und wo sie hinwollte."

Octocat warf mir ein breites Grinsen zu und hüpfte vom Couchtisch herunter. „Ich weiß nicht, wo sie hingefahren ist, aber ich weiß, wie du sie finden kannst. Wenn du mir bitte folgen würdest."

Ich bedeutete Charles mit einem Winken, mit uns zu kommen.

„Warum hast du mit ihm gerade über all diese Waffen gesprochen?", erkundigte er sich.

„Ach, wir haben öfters solche Themen, glaub mir." Leider entsprach das den Tatsachen.

„Sprechende Tiere sind schon seltsam." Charles lachte, aber mir war nicht gerade froh zumute – ich hatte immer noch das Bild meines verrückten Katers vor Augen, der wutentbrannt eine Streitaxt schwang.

14

Octocat führte uns hinters Haus, wo Pringle in einem seiner Baumhäuser hockte und mit maximaler Lautstärke *Survivor* schaute.

„Pringle. Ich habe dir Kunden mitgebracht!", rief Octocat vom Fuß des Baumes aus.

„Ich bin doch kein Kunde", zischte ich meinem Kater zu, „eher seine Wohnungsgeberin."

Wenige Augenblicke später wurde oben der Fernseher ausgeschaltet und Pringle streckte sein maskiertes Gesicht aus dem Fenster. „Hast du meinen Lohn mitgebracht?", rief er dem Kater zu und ignorierte Charles und mich völlig.

„Nein, aber deswegen sind sie ja hier." Octocat

stupste mich mit einer Pfote an, als wollte er mich nach vorne schieben.

„Ausgezeichnet!", brummte der Waschbär und kletterte mit überraschender Geschwindigkeit zu uns herunter. Er setzte ein falsches Grinsen auf und streckte mir die Hand entgegen. „Pringle Whisperer, Privatdetektiv. Wie kann ich euch helfen?"

Ich weigerte mich, seine Geste zu erwidern, und deutete stattdessen mit dem Kopf auf Octocat. „Ich habe ihn bereits für seine Hilfe entlohnt. Dich werde ich nicht auch noch bezahlen."

„Das war mein Honorar", mischte sich mein Kater ein. „Mit Pringle musst du dich separat einigen."

Ich schlug die Hände über dem Kopf zusammen. Wie sollten wir hier jemals weiterkommen? „Können wir endlich aufhören, Zeit zu verschwenden? Und kann mir denn keiner von euch zur Abwechslung mal einfach nur einen klitzekleinen Gefallen tun?"

Darüber lachten die beiden sich fünf Minuten lang kaputt.

„Was geht hier vor sich?", fragte mich Charles, wobei er sich dicht zu mir herüberlehnen musste, um das Gegröle der beiden Tiere zu übertönen.

„Pringle will uns mal wieder bestechen. Er fordert eine Bezahlung, sonst will er uns nicht helfen."

„Oh, kein Problem. Lass mich mal machen." Er holte seine Brieftasche heraus und blätterte in einem Stapel gefalteter Dollarscheine. „Wie viel braucht er denn?"

Ich wusste zwar, dass mein Freund als Seniorpartner der größten Anwaltskanzlei der Region gutes Geld verdiente, aber es überraschte mich, dass er keine Sekunde zögerte, sich auf den Wucher dieses kleinen Gangsters einzulassen und ihm einen dicken Batzen Geld anzubieten.

Pringle lehnte Charles' großzügiges Angebot jedoch ab. „Sorry, Bruder. Papiergeld ist in meiner Welt nichts wert."

„Aber du kannst dir damit Sachen kaufen", wandte ich ein.

Er verzog das Gesicht. „Das ist mir zu kompliziert mit dieser ganzen Rechnerei. Davon kriege ich Kopfschmerzen. Außerdem habe ich noch keinen menschlichen Ladenbesitzer gefunden, der mir verkaufen wollte, was ich brauche. Das ist Speziesismus, sage ich euch, und damit komme ich nicht klar."

„Okay, was willst du dann?" Im Stillen fragte ich mich, wie es eigentlich sein konnte, dass ich schon den ganzen Tag damit beschäftigt war, meinen Vierbeinern ihre Wünsche zu erfüllen? Wenn man es mit einem Pringle und einem Octocat zu tun hatte, konnte das echt übel enden.

„Neben dem Steak, das du mir bereits versprochen hast, und dem neuen Gefährten für Carla, brauche ich …"

„Ich bekomme sieben Steaks", prahlte mein Kater, der von seiner Fellpflege aufblickte.

„Cool, cool. Mach für mich auch sieben", rief der Waschbär eifrig.

„Und ein Hummerbrötchen", ergänzte er, als hätte er nicht schon genug verraten.

„Klar. Das nehme ich ebenfalls." Pringle rieb sich voller Vorfreude auf all diese Köstlichkeiten die Hände.

„Vielen Dank für die Hilfe!", fauchte ich meinen Haustiger an.

Pringle plapperte selig vor sich hin. „Das ist großartig. Wir sollten öfters zusammenarbeiten, mein Lieber." Er reckte die Pfote, und er und Octocat klatschten sich ab.

Das gab mir nun endgültig den Rest. Die beiden waren jeder für sich schon schwierig genug. Wenn sie gemeinsame Sache machten, wurde es zu einem einzigen Albtraum.

„Ich brauche außerdem einen neuen Plasmafernseher", erklärte mir Pringle, als ob es sich um eine

Kleinigkeit und nicht um eine teure Ausgabe handelte.

„Ich bin raus!" Wütend stapfte ich davon und versuchte, mich damit abzufinden, dass wir Grandma, Paisley und den Kätzchen nicht auf die Spur kommen würden. Ich ließ gerne mit mir reden, aber das war reine Erpressung und deshalb schlichtweg ein No-Go.

Pringle huschte hinter mir her, stellte sich vor mich und warf die Hände in die Höhe. „Nein, warte! Es muss nicht unbedingt ein Plasma-TV sein, aber ich brauche einen Fernseher. Unbedingt."

„Du hast doch schon einen." Ich verschränkte die Arme vor der Brust und warf ihm einen bösen Blick zu. Möglicherweise war ich ja manchmal etwas zu nachgiebig, aber ich war nicht dumm. Ich hatte ihm vor nicht allzu langer Zeit bereits einen eigenen Fernseher gekauft.

„Was will er denn?", wollte Charles wissen.

„Einen Fernseher", antwortete ich gereizt, weil mich die dreiste Forderung des Waschbären so aufregte.

„Hat er nicht schon einen?" Selbst Charles konnte es nicht nachvollziehen.

Der Waschbär faltete die Hände und flehte mich an: „Bitte. Ich würde nicht darum bitten, wenn ich ihn nicht wirklich dringend bräuchte." Pringle versuchte nun offenbar, auf die Tränendrüse zu drücken, und eines musste man ihm lassen: Er war ein begnadeter Schauspieler.

Ich kaufte es ihm dennoch nicht ab. „Und warum brauchst du den so dringend?"

Er ließ den Kopf hängen und schniefte. „Weil mein eines Baumhaus, das keinen Fernseher hat, neidisch auf das andere mit Fernseher ist."

Ich verdrehte die Augen. „Sorry, aber ich glaube, es hakt. Baumhäuser haben doch keine Gefühle."

„Gut, gut, gut! Ich würde meine Häuser gerne gleichmäßiger nutzen, möchte dabei jedoch nicht auf meine Show verzichten."

„Das deutet schwer darauf hin, dass du ein Baumhaus zu viel hast und nicht einen Fernseher zu wenig", entgegnete ich, während ich auf einmal rasende Kopfschmerzen bekam.

Charles legte mir sanft eine Hand auf die Schulter. „Ich weiß, dass du dir Sorgen um die Kätzchen machst. Lass uns einfach gehen und schauen, was wir noch tun können, okay? Ich werde im Laufe der Woche einen Fernseher für ihn besorgen."

Pringle erhob den Zeigefinger. „Eigentlich bräuchte ich den …"

„Im Laufe der Woche", unterbrach ich ihn mit

dem bösesten Blick, den ich aufbringen konnte. „Entweder das oder wir vergessen die ganze Sache."

Plötzlich wurde der Waschbär sanfter. „Du bist ein harter Brocken, Angie Russo, aber ist gebongt! Wie kann ich euch helfen?"

„Ich muss wissen, wo Grandma mit Paisley und den Kätzchen hingefahren ist."

„Das weiß ich nicht, aber ich kann es herausfinden."

„Wie lange wird das dauern?"

„Moment, ich werde dem sofort nachgehen. Warte hier." Er kletterte zurück in sein Baumhaus und kam mit dem iPad in der Hand zurück – noch so ein übertriebener Luxus, den wir ihm zugestanden hatten. Es war zwar Octocats altes iPad, aber man konnte sich schon fragen, wozu diese Fellnasen überhaupt ihr eigenes Tablet brauchten.

Pringle wischte hastig auf dem Tablet herum, während er sich konzentriert mit der Zunge übers Maul fuhr, bis er die gewünschte App gefunden hatte. Dann drehte er es zu mir und zeigte auf einen blinkenden gelben Punkt, der sich auf einer Karte bewegte. „Da. Sie ist auf dem Highway. Gut?"

Es war gut, aber auch verdächtig. „Wie hast du das gemacht?"

„Ich habe euch alle mit Hightech-Trackern ausgestattet. Wenn einer von euch irgendwo hingeht, kann ich eure Telefone orten, um zu sehen, wo ihr steckt." Er grinste und schnaubte selbstzufrieden. „Ich muss mich eigentlich bei dir bedanken, dass du mich auf die Idee gebracht und mir erlaubt hast, deine Kreditkarte zu benutzen, um die Lizenzen, die ich dafür brauchte, zu kaufen."

Ein weiteres Mal war meine Privatsphäre von diesem schändlichen Waschbären auf unverzeihliche Weise verletzt worden. Bis gerade hatte ich nichts davon geahnt, dass er meine Kreditkarte verwendet hatte. Ob er sie auch für andere Dinge missbraucht hatte? Ich musste meine Ausgaben eindeutig besser im Blick behalten. Und den Diebstahl meiner Karte würde ich melden und mir außerdem einen kleinen Safe zulegen. Für mein Portemonnaie und meine elektronischen Geräte, um sie nachts einschließen und Pringle an seinen ständigen Schnüffeleien zu hindern.

O Mann. Das war alles total außer Kontrolle geraten.

15

Wir nahmen uns ein paar Minuten Zeit, und es gelang uns, Pringles heimliche App mit einem kleinen Lizenz-Upgrade auf allen unseren Geräten zu installieren. Danach konnte ich Grandmas Standort auf meinem Display verfolgen, während Charles und ich zu seinem Wagen eilten.

„Bleib hier und ruf mich über FaceTime an, wenn sie vor uns zurückkommt", wies ich Octocat an, der ohne Widerspruch zustimmte. Hmm. Vielleicht fühlte er sich schuldig, weil er Pringles Lohn in die Höhe getrieben hatte, oder vielleicht wollte er nur die Autofahrt vermeiden.

Charles steckte mein Handy in die Halterung am Armaturenbrett und warf einen kurzen Blick auf die

Karte, bevor er den Motor anließ. „Sie hat fast eine halbe Stunde Vorsprung, und sie scheint noch nicht am Ziel zu sein. Wo auch immer sie hinwill, es ist ziemlich weit weg."

Ich beugte mich nach vorne, um die Karte zu studieren. „Sie ist schon beinahe in Pineville. Das ist ganz am anderen Ende der Bucht. Womöglich flüchtet sie wirklich vor uns, um die Kätzchen zu behalten."

Wir bogen auf die Hauptstraße ab und machten uns auf den Weg. Charles nahm eine Packung Kaugummi aus dem Becherhalter und bot mir einen an, bevor er sich selbst einen nahm. „Warum sollte sie vor uns flüchten? Ich meine, es ist ihr doch sicher klar, dass sie irgendwann zurückkommen muss, oder?"

„Vielleicht, um mich zu bestechen?" Ich lehnte mich zurück, blickte aus dem Seitenfenster und beobachtete die Bäume, die draußen vorbeizogen.

Mein toller Freund lachte mich aus. „Du lässt dich heute einfach von allen manipulieren, was?"

„Gewöhn dich nicht daran, und versuch es erst gar nicht", knurrte ich warnend. Er lachte wieder und schaltete das Autoradio ein. Aus den Lautsprechern ertönte ein flotter Popsong, und sogleich sangen wir beide lauthals mit. Unser Duett klang schrecklich, aber es war eine willkommene Abwechslung zu dem ganzen Katzen-Waschbär-Drama zu Hause.

„Schau!", rief ich, als wir gerade das dritte Lied zu Ende geschmettert hatten. „Sie hält an!" Ich nahm das Telefon in die Hand und zoomte die Karte heran. „Donut Paradise?" Ich las die Adresse, die mir angezeigt wurde, laut vor. „Warum sollte sie so weit fahren, nur um ein paar Donuts zu essen?"

„Vielleicht ist Donut Paradise so ein geiler Laden wie das Little Dog Diner, nur eben für Donuts, nicht für Hummerbrötchen? Also, vielleicht lohnt sich die lange Fahrt dorthin."

Bei dem Gedanken an Zimt-Donuts frisch aus dem Ofen begann mein Magen zu knurren. Aber nein, das ergab immer noch keinen Sinn, selbst wenn man dort die weltbesten Donuts bekäme.

Ich schaltete die Tracking-App wieder in den Navigationsmodus und steckte das Handy zurück in die Halterung. „Aber sie backt ihre Donuts lieber selbst, und diesen Laden hat sie mir gegenüber noch nie erwähnt."

„Ach, deine Grandma tanzt doch immer auf so vielen Hochzeiten. Da kann man nur schwer den Überblick behalten."

„Willst du damit sagen, dass ich vergessen habe,

was sie mir erzählt hat?", grummelte ich. „Oh, guck mal, es geht weiter!"

Großmutters Punkt bewegte sich noch einige Kilometer und blieb nach etwa fünf Minuten stehen. Ich zoomte heran. Ihr Ziel lag anscheinend in einem Wohngebiet, denn es befanden sich dort keine Geschäfte in der Nähe.

Dieses Mal fuhr sie nicht wieder weiter, sodass Charles und ich sie einholen konnten. Wir parkten an der Straße hinter ihrem glänzend roten Sport-coupé. „Ich fühle mich hier irgendwie fehl am Platz", murmelte er, während wir die Häuschen in der Straße betrachteten. Alles war gepflegt, aber winzig im Vergleich zu meiner stattlichen Villa in Glendale.

Als wir aus seiner Luxuslimousine ausstiegen, rumpelte eine alte Rostlaube an uns vorbei.

„Wen kennt Grandma hier?", fragte er, nachdem das andere Auto in eine Seitenstraße eingebogen war.

„Ich habe keine Ahnung."

„Dann lass es uns herausfinden."

Händchenhaltend begaben wir uns zum nächst-gelegenen Haus und drückten auf die Klingel. Fast augenblicklich ertönte ein überschwängliches Bellen zweier Hunde – das eine kam eindeutig von unserer Paisley, doch das andere klang nach einem viel größeren Hund. Könnte das dieselbe Dogge sein, die sie heute Morgen im Ringkampf besiegt hatte?

Es war Grandma, die die Tür öffnete. Sie schien nicht überrascht, uns zu sehen, zumindest ließ sie sich nichts anmerken.

„Kommt doch rein, wo ihr schon mal hier seid", sagte sie, während sich ein riesiger Hund mit zotteligem Fell an ihr vorbeidrängte.

„Jasper, komm zurück!", rief eine andere Stimme aus dem Haus, eine viel jüngere. Eine Frau in meinem Alter erschien und befahl dem Hund, Sitz zu machen. „Tut mir leid", sagte sie mit einem entschuldigenden Lächeln. „Wir arbeiten noch an Jaspers Manieren, wenn Besuch kommt. Also … du musst Angie sein."

Wer war diese junge Frau? Und woher kannte sie mich?

„Mami!" Paisley kam sofort auf mich zu geflitzt, kaum dass ich das Haus betreten hatte, und tänzelte auf den Hinterbeinen. „Nimm mich hoch! Nimm mich hoch!"

Ich tat ihr den Gefallen, immer noch ziemlich verwirrt von der ganzen Situation.

„Entschuldigung, ich habe mich noch gar nicht vorgestellt. Mein Name ist Sunny", sagte sie, ließ ihren Hund los und wischte sich die Hand an ihrem

Hosenbein ab, bevor sie sie mir zur Begrüßung hinhielt. Ich ließ Charles' Hand los, um ihre zu schütteln.

„Deine Großmutter ist mit meiner Nachbarin befreundet, die so etwas wie eine Großmutter für mich ist und …"

„Nenn mich einfach Grandma, meine Liebe", warf meine Großmutter ein, während sie im Flurspiegel an ihren Haaren herumzupfte. „Das tun alle anderen auch."

„Das ist Charles", stellte ich meinen Freund vor und nahm wieder seine Hand, sehr froh darüber, dass ich nicht ganz allein hier auf der Matte stand. „Und ja, du hast recht, ich bin Angie. Angie Russo. Ähm, sind die Kätzchen zufällig hier?"

„Oh, ja! Ich war gerade dabei, mir eins auszusuchen. Keine leichte Entscheidung. Sie sind alle so was von niedlich!", schwärmte sie.

Ich schaute zu Grandma, weil ich dachte, sie würde mir die ganze Sache jetzt erklären, doch die zuckte nur mit den Schultern. „Ich habe meine alte Freundin Tilly angerufen, um zu hören, ob sie jemanden kennt, der vielleicht gerne ein Kätzchen hätte, und sie hat mich an Sunny hier verwiesen."

Die junge Frau nickte, und eine dunkle Haarsträhne löste sich aus ihrem unordentlichen Zopf. „Jasper braucht einen Freund, aber unsere Wohnung ist leider nicht groß genug für einen zweiten Hund."

„Du möchtest also eines der Kätzchen adoptieren?", fragte ich. Ich konnte mir noch nicht so recht vorstellen, dass ein solch winziges Geschöpf zu dem sabbernden Riesenzottelbär vor mir passen könnte.

Sunny sah mich mit ihren hellblauen Augen besorgt an. „Das ist doch in Ordnung für dich, oder?"

„Natürlich ist das in Ordnung. Ich wünschte nur, Grandma hätte es mir gesagt, bevor sie mir nichts, dir nichts verschwunden ist."

„Oh, das tut mir leid", erwiderte Sunny. „Ich war total aufgeregt, als sie anrief, deshalb hat sie mir angeboten, direkt vorbeizukommen."

„Ich habe nicht einmal abgewartet, wie Tilly sich entscheidet", ergänzte Grandma mit einem Augenzwinkern. „Obwohl ich immer noch hoffe, dass sie auch eines unserer Babys adoptieren wird."

Sunny lachte. „Da bin ich aber gespannt." Sie hielt kurz inne. „Hey, würdet ihr mir vielleicht helfen, ein Kätzchen auszusuchen?"

„Es wäre uns eine Ehre", antwortete Charles.

„Sag mal, rieche ich da etwa Donuts?", erkundigte ich mich bei Grandma, bevor wir alle zu den Kätzchen ins Wohnzimmer gingen. Mein Magen knurrte schon wieder, und bei dem herrlichen Duft fing auch ich beinahe an zu sabbern.

16

Wir verbrachten fast eine Stunde bei Sunny. Sie entschied sich schließlich für das einzige graue Kätzchen des Wurfs und fand auch gleich einen Namen für die kleine Fellnase: *Princess Muffin.*

Auf dem Weg nach draußen vertraute mir Paisley an: „Ich wollte mich nicht von meinen Katzenwelpen trennen, von keinem von ihnen."

Ich wartete, bis Sunny die Tür hinter uns geschlossen hatte, bevor ich sie tröstete. „Ich weiß, Schätzchen. Es tut mir so leid."

Zu meiner großen Überraschung wedelte sie so heftig mit dem Schwanz, dass ihr ganzer Körper vibrierte. „Das ist schon okay, Mami. Immerhin freut es mich, dass Sunny und Jasper jetzt so glücklich sind. Glaubst du, Princess Muffin wird es gut bei ihnen haben?"

Ich lächelte und tätschelte der Chihuahua-Hündin den Rücken. „Ganz bestimmt!"

„Mehr kann eine gute Mami nicht tun, oder? Ihre Kinder auf die Welt vorzubereiten und ihnen die besten Chancen zu ermöglichen." Es erstaunte mich immer wieder, wie viel Liebe dieser kleine Hund zu geben vermochte.

„Du bist eine tolle Mutter, Paisley", sagte ich sanft.

„Das bist du auch, Mami."

Eine Welle von Gefühlen brach über mich herein, und ich konnte nicht anders, als ein paar Tränen zu vergießen, weil mich Paisleys zärtliche Worte so rührten. Zum Glück hatte ich immer Taschentücher dabei. Ich zog eines aus der der Packung und wischte mir damit über die Augen.

„Was ist los?", fragte Charles besorgt.

„Nichts", flunkerte ich. Wie konnte ich ihm sagen, dass ich vielleicht doch schon bereit für unsere Zukunftsplanung war, viel mehr, als mir bislang bewusst war? Ja. Vielleicht *könnte* ich eines Tages Ehefrau und Mutter sein. Immerhin hatte ich es bereits geschafft, ein wunderbares kleines Hündchen aufzuziehen und obendrein einen Kater, der auch ganz gut gelungen war, größtenteils jedenfalls.

„So, ich düse jetzt mal los!" Grandma winkte uns durchs Autofensters zu. „Bye-bye, Kinder, wir sehen uns zu Hause."

„Warte!" Ich stapfte über die matschige Straße zu meiner Großmutter hinüber. „Warum bist du vorhin einfach gefahren, ohne uns etwas zu sagen? Und warum bist du dann nicht ans Telefon gegangen? Wir haben mehrmals versucht, dich anzurufen."

„Oh, das tut mir leid. Ich habe es heute Morgen auf lautlos gestellt, nachdem der Ausbilder im Boot-camp eine andere Kursteilnehmerin angemotzt hat, weil ihr Handy so laut tütete. Anscheinend habe ich vergessen, es danach wieder einzuschalten."

„Aber du hast doch Sunny angerufen", warf ich ein.

„Ja, und Tilly, aber von unserem Festnetzan-schluss aus, Schatz. Manchmal ist die einfachste Möglichkeit die beste." Sie kramte in ihrer riesigen Handtasche, bis sie ihr Handy gefunden hatte, und wedelte damit vor meiner Nase herum. „Siehst du, hier ist es."

Es überraschte mich nicht, dass sich auf ihrem Telefon zig ungelesene Benachrichtigungen angesammelt hatten, sodass diese gar nicht alle auf dem Startbildschirm angezeigt werden konnten.

„Gib mir das mal, bitte." Sie reichte mir das arme, vernachlässigte Gerät, und ich tippte ihr supersicheres Passwort ein: *1-2-3-4.*

„Es sieht so aus, als hättest du mehrere Textnachrichten und verpasste Anrufe von … ähm, *Diamond Guy?*" Dieser Name war mir definitiv noch nicht untergekommen.

Grandma wurde rot und nahm das Telefon wieder an sich. „Das ist privat."

„Wer ist denn Diamond Guy?", stichelte ich und konnte mir ein breites Grinsen nicht verkneifen.

Sie strich sich durch die Haare, aber das lenkte nur wenig von der Farbe ihrer Wangen ab. „Es ist nur ein neuer Spitzname, den wir ausprobieren. Schließlich verdient er sein Geld mit dem Verkauf von Diamanten."

„Ach herrje. So flirtet ihr, Mr. Gable und du?" Ich lachte laut auf. So etwas hatte es bei ihren bisherigen Männerbekanntschaften nie gegeben, und da war ihr auch nie irgendetwas peinlich gewesen, aber bei ihrem jüngsten Techtelmechtel mit dem örtlichen Juwelier verhielt sie sich völlig untypisch.

„Sei still, du", gackerte sie. „Du und Charles, ihr wart am Anfang genauso."

„Willst du nicht wissen, was er wollte?“, erwiderte ich, weiterhin amüsiert grinsend.

Sie steckte ihr Handy zurück in die Tasche und schüttelte den Kopf. „Du weißt, dass mir meine Privatsphäre wichtig ist.“

Ich lachte laut auf. „Echt? Seit wann?“

„Gut. Ich rufe ihn jetzt zurück. Zufrieden?“ Sie kramte ihr Handy wieder hervor und tippte auf Anrufen.

„Warum hörst du nicht erst mal deine Nachrichten ab?“, schlug ich vor, als es bereits in der Leitung klingelte.

„Ich habe die Voicemail nicht eingerichtet, brauche ich auch nicht, ich habe doch einen Anrufbeantworter.“

„Auf dem Festnetz“, warf ich ein. „Was ist mit den Textnachrichten?“

Sie beendete den Anruf. Offensichtlich schien Mr. Gable ebenfalls keine Mailbox zu besitzen. Ältere Leutchen sind manchmal wirklich umständlich.

Grandma hielt mir erneut ihr Handy vor die Nase. Sie hatte in der Tat sechs neue Nachrichten von Diamond Guy, aber alle lauteten ungefähr gleich: *Hallo Dorothy, bitte ruf mich an, wenn du einen Moment Zeit hast.*

Herrje. Mr. Gable hatte anscheinend keinen

Schimmer, wie man heutzutage flirtete. Allein die Tatsache, dass er sie bei ihrem Vornamen nannte, fand ich merkwürdig, wo sich meine Großmutter doch von allen lieber Grandma nennen ließ.

„So, Schluss damit. Können wir jetzt bitte nach Hause fahren?", sagte sie ungeduldig und ließ den Motor an.

„Ich glaube, Charles und ich werden auf dem Heimweg kurz bei Diamond Guy vorbeischauen." Ich kicherte. „Du kannst gerne mitkommen."

„Bis nachher, Liebes." Sie schlug die Autotür zu und brauste davon.

Vergnügt lächelnd kehrte ich zu Charles zurück.

„Worüber grinst du denn so?", fragte er, bevor er mir einen kurzen Kuss auf die Wange gab.

„Über Grandma und ihren Freund. Die beiden sind echt süß."

„Ich wusste nicht, dass sie einen Freund hat."

„Sie sind noch nicht richtig zusammen, glaube ich, aber erinnerst du dich an Mr. Gable, und wie sie mit ihm an Silvester geflirtet hat?"

Bei der Erinnerung lachte er in sich hinein. „Wie könnte ich das je vergessen?"

„Gut, denn ich will gleich kurz bei ihm im Laden vorbeischauen und ein bisschen Amor spielen. Du könntest mir dabei helfen."

„Sollten wir uns nicht besser weiter auf die Kätzchen konzentrieren?"

Ich zuckte mit den Schultern. „Wir haben keine weiteren Anhaltspunkte, woher sie und das Blut stammen, die Tierärztin hat sie für gesund erklärt, und Grandma und Paisley sind fleißig dabei, neue Besitzer für sie zu finden. Also was können wir im Moment noch tun?"

Er nickte. „Aber bist du sicher, dass es richtig ist, dem Glück der beiden auf die Sprünge zu helfen? Sollten wir sie nicht besser in Ruhe lassen, sodass sie von selbst zueinanderfinden?"

„Ach Unsinn", erwiderte ich neckisch. „Weißt du nicht mehr, was sie damals alles angestellt hat, damit wir beide zusammenkommen?"

„Oh, stimmt auch wieder." Er zuckte leicht zusammen, wahrscheinlich weil ihm wieder einfiel, wie Grandma eine unangenehme Konfrontation zwischen ihm und meinem anderen potenziellen Verehrer erzwungen hatte.

„Vor dem Hintergrund ist es nur fair, wenn wir uns ein wenig einmischen", stimmte er zu. „Wie man in den Wald hineinruft, du weißt schon … Ähm, dann gib mir bitte mal die Adresse des Ladens. Von hier aus bin ich noch nie nach Glendale reingefahren, und ich möchte keine Zeit verschwenden."

„Er ist im Zentrum", erinnerte ich ihn. Natürlich war mir bewusst, dass er noch relativ neu in der Stadt war, aber das konnte er doch nicht vergessen haben.

„Ich weiß, aber sie mag es lieber, wenn ich ihr eine genaue Adresse gebe."

Ich hob fragend eine Augenbraue. „*Sie?*"

„Ja. Sie heißt Carla", sagte er, als ob es das Normalste der Welt wäre, seinem Navi einen Namen zu geben.

„Hey, so heißt doch auch ..." Die Nerf-Gun meines Waschbären. Wie schräg. „Vergiss es."

„Was?"

„Nein, ist egal jetzt. Bist du bereit?"

„Ich bin ganz Ohr."

„Und zwar: 1385 Third Street – o mein Gott!", rief ich, und vor Schreck wäre mir beinahe das Telefon aus der Hand gefallen.

Charles blickte mich panisch an. „Was? Was?"

„Warte, das musst du dir ansehen", sagte ich und öffnete meine Fotogalerie. Dann hielt ich ihm das Bild mit dem beschädigten Adressetikett vor die Nase.

Charles checkte es sofort. „Das sieht schwer nach der Anschrift aus, die du mir gerade durchgegeben hast."

Jetzt grinste ich übers ganze Gesicht. „Ganz genau!"

„Lass uns fahren!"

17

Wir erreichten die Innenstadt von Glendale in Rekordzeit, wobei es für Charles natürlich ein Leichtes war, einen neuen Rekord aufzustellen, da er noch nie aus Richtung Pineville in unser kleines Stadtzentrum gefahren war.

Kaum hatten wir den Wagen abgestellt, kam auch schon Grandma angesaust und steuerte ihren Sportwagen in die Parklücke neben uns.

„Ich hatte gehofft, es wäre nur ein Scherz gewesen, dass du dich in mein Liebesleben einzumischen gedenkst", brummte sie, nachdem sie die Autotür hinter sich geschlossen hatte. „Zum Glück habe ich mich entschieden, vorsichtshalber vorbeizukommen. Du musst dich mit dem, was du vorhast, beeilen, denn ich werde die Kätzchen nicht länger als ein paar Minuten allein lassen.“

Ich spähte durch das Autofenster und sah die Kleinen in der Transportbox auf dem Beifahrersitz warten. Großmutter hatte sogar den Motor angelassen, wohl damit sie es weiter mollig warm hatten.

„Dann lasst uns mal bei Mr. Gable vorbeischauen.“ Charles bot Grandma seinen Arm an, aber sie weigerte sich, ihn anzunehmen.

„Du hättest den anderen Typen nehmen sollen“, raunte sie mir zu und stampfte im nächsten Augenblick über den Parkplatz davon.

Charles und ich holten sie vor dem Juweliergeschäft ein, sodass wir drei gemeinsam den Laden betraten, mit Paisley im Schlepptau.

„Hallo, Dorothy!“ Mr. Gable winkte uns von hinter dem Tresen zu. „Hallo, Angie. Charles.“

Wir erwiderten seinen Gruß, dann wandte er sich wieder den beiden Kunden zu, die er gerade bediente, vermutlich Mutter und Sohn. Sie begutachteten Verlobungsringe und hatten sich anscheinend schon mehrere aus nächster Nähe zeigen lassen.

„Glückwunsch“, sagte Charles zu dem Sohn, den ich auf Mitte dreißig schätzte und dessen Wangen nun in etwa die gleiche Farbe annahmen wie sein dunkelrotes Haar.

„Der ist nicht für mich." Er deutete mit dem Finger auf seine Mutter. „Für sie."

Die Dame strahlte Charles und mich an. „Ist es nicht toll, endlich den Richtigen gefunden zu haben?", fragte sie uns.

Charles zog mich an seine Seite und gab mir einen Kuss auf die Wange, was die Dame entzückt aufseufzen ließ.

„Wir sind hier gleich fertig. Gebt mir noch ein paar Minuten, dann bin ich bei euch", sagte Mr. Gable entschuldigend. Dabei ruhten seine Augen einzig und allein auf Grandma.

„Mir gefällt es hier", bellte Paisley und zog damit die Aufmerksamkeit der frisch verlobten Dame auf sich.

„Oh, wie süß, was für ein Engel!" Sie ging in die Hocke und ließ sich die Küsschen des hyperaktiven Chihuahuas gerne gefallen.

„Mom." Ihr Sohn stupste sie ungeduldig an. „Dafür sind wir nicht hier."

„Ach, hör auf. Der Ring kann warten. Gib mir eine Minute mit dem kleinen Schatz hier."

Er seufzte, aber seine Mutter schien das nicht weiter zu stören.

Mr. Gable nutzte die Gelegenheit und kam zu uns herüber. Er sagte sowohl mir als auch Charles erneut

Hallo, bevor er Grandma überschwänglich umarmte. „Was führt euch drei hierher? Geht es um die Kätzchen, die ich heute Morgen zu euch gebracht habe?"

Ah-ha! Ich wusste es!

Grandma blinzelte verwirrt. Wir hatten noch keine Gelegenheit gehabt, sie darüber aufzuklären, welche Adresse höchstwahrscheinlich auf dem Karton gestanden hatte. „*Du* warst das?"

„Ja, natürlich war ich das. Es tut mir leid, dass ich sie nicht vorher saubermachen konnte. Als ich dich anrief, bist du nicht rangegangen, und ich hatte es gerade sehr eilig, weil ich zu einem Termin mit einem Kunden musste. Ich dachte mir, wenn jemand weiß, was man mit den Kleinen machen sollte, dann ihr."

„Entschuldigung", unterbrach uns die Kundin, die aufgehört hatte, Paisley zu streicheln. Sie richtete sich auf und rief begeistert: „Sie haben Kätzchen?"

„Mom, wir müssen jetzt aber wirklich ...“

„Ach, sei still. Du hast hier gar nichts zu melden." Sie machte eine wegwerfende Handbewegung und kam mit großen, leuchtenden Augen auf uns zu. „Und was ist mit den Kätzchen?"

„Möchten Sie sie kennenlernen?", fragte Grandma lachend. „Ich habe sie kurz im Auto gelassen, da ich nur auf einen Sprung hier bin."

„Das klingt wie das perfekte Hochzeitsgeschenk. Mein Verlobter, John, ist ein großer Tierfreund, durfte aber in seiner bisherigen Wohnung keine Haustiere halten."

Ihr Sohn zerrte an ihrem Ärmel und wirkte in diesem Augenblick eher wie ein kleiner Junge. „Aber Mom, ich bin doch allergisch gegen Katzen."

„Dann ist es wohl an der Zeit, dass du endlich ausziehst und dir eine eigene Wohnung suchst", erwiderte sie spitz und sah ihn herausfordernd an.

„Moment, ich gehe die Kleinen holen", sagte Grandma, und schon eilte sie hinaus in die Kälte. Die Frau rannte ihr flink hinterher, gefolgt von ihrem Sohn.

„Woher kommen die Kätzchen?", fragte ich Mr. Gable, begierig darauf, endlich die Antworten zu bekommen, nach denen ich den ganzen Tag gesucht hatte. „Und warum waren sie voller Blut?"

„Ein erschreckender Anblick, nicht wahr?" Er schüttelte den Kopf und blickte betreten zu Boden. „Ich habe sie auf der Straße gefunden, als ich zur Arbeit ging."

„Hier vor dem Laden?", fragte Charles verwundert, während er Paisley auf den Arm nahm und sich von ihr das Gesicht ablecken ließ.

„Nein, nicht hier. Ich parke gerne auf dem weiter

entfernten Parkplatz auf der anderen Seite, um ein bisschen Bewegung zu bekommen. Außerdem hilft mir die frische Luft, morgens richtig wach zu werden. Als ich die Kätzchen entdeckte, bin ich in den Laden gespurtet, habe mir den nächstbesten Karton geschnappt und für meine Kunden einen Zettel an der Tür hinterlassen, dass ich heute ein paar Minuten später öffne. Dann bin ich zurück zu den Kätzchen gerannt, habe sie eingesammelt und direkt zu euch gebracht. Ich habe versucht, Dorothy anzurufen, aber ..." Er zuckte mit den Schultern.

„Ich weiß. Sie hatte ihr Telefon den ganzen Tag ausgeschaltet."

„Apropos Grandma", schaltete sich Charles ein. „Ich habe gehört, sie sucht einen Begleiter für den Valentinstag."

Der alte Juwelier atmete plötzlich sehr schwer, sodass ich beinahe damit rechnete, dass er gleich einen Inhalator aus der Tasche ziehen und einen Zug nehmen würde. „Ist das so? Einen Begleiter wofür?"

„Also, das ist nicht ganz richtig, eigentlich ...", begann ich zu erklären.

Charles drückte fest meine Hand, um mich zum Schweigen zu bringen.

Er räusperte sich. „Sie hat einen wunderschönen Abend geplant. Es geht los mit einem romantischen

Spaziergang entlang der Küste inklusive Schneeball-schlacht. Nach etwa einer halben Stunde erreichen Sie ein kleines, aber feines Lokal, das an dem Abend nur für sie beide geöffnet hat. Dort wird der Koch Sie mit einem frisch zubereiteten Dinner verwöhnen, das perfekt auf Ihren persönlichen Geschmack abge-stimmt ist. Zum Abschluss des Abends tanzen Sie unter dem Sternenhimmel zu einem Streichquartett, das die größten Hits der Achtziger Jahre für Sie spielt."

Mr. Gable sah aus, als würde er gleich in Tränen ausbrechen. „Das klingt traumhaft. Und das hat sie sich alles für mich ausgedacht?"

Charles drückte erneut meine Hand. „Das hat sie, aber ich glaube, jetzt traut sie sich nicht, Sie zu bitten und die Sache offiziell zu machen. Ich denke, Sie sollten sie fragen, ob sie den Tag mit Ihnen verbringen will."

Ich nickte aufmunternd. „Ja, ich wette, sie würde Ja sagen."

„Okay, das werde ich tun", versprach er.

Wir unterhielten uns noch etwas mit Mr. Gable, während wir auf Grandma, Paisley und die Kunden warteten. Mir war direkt klar, dass Charles diesen tollen, besonderen Abend ursprünglich für mich geplant hatte, und umso bemerkenswerter fand ich es, dass er sofort bereit gewesen war, ihn herzuschenken, um zwei älteren Menschen zu helfen, ihre eigene Liebesgeschichte zu beginnen.

O Mann, dieser Kerl war ein Sechser im Lotto, oder?

18

Mr. Gables Kundin adoptierte schließlich zwei der Kätzchen, einen Jungen und ein Mädchen. Sie und Grandma tauschten Telefonnummern aus, und sie versprach, ihr jeden Tag zu schreiben und Fotos zu schicken.

Somit hatten wir jetzt nur noch zwei der ursprünglich fünf Kleinen übrig. Wenn das in dem Tempo weiterging, würden wir vermutlich bis zum Einbruch der Dunkelheit für alle ein Zuhause gefunden haben.

„Sie kennen nicht zufällig jemanden, der sich gerne von einer Katze herumkommandieren lassen würde, oder?", fragte ich Mr. Gable, nachdem seine Kunden mitsamt der Kätzchen gegangen waren.

Er seufzte. „Ich wünschte, ich könnte sie dir

abnehmen, aber ich fürchte, das würde Nini mir nie verzeihen."

Ich hatte seine Kaninchendame Nini kennengelernt und wusste, dass Mr. Gable mit seiner Einschätzung definitiv richtig lag. Das arme kleine Tierchen hatte vor allem und jedem Angst, besonders vor Raubtieren wie Katzen und Co.

„Also dann ..." Grandma verlagerte ihr Gewicht von einem Fuß auf den anderen, „sollten wir wohl mal gehen", sagte sie, wobei sie eingehend ihre Schuhe zu betrachten schien.

Charles tauschte einen vielsagenden Blick mit Mr. Gable aus, während ich die Hände faltete und gespannt auf diesen einen magischen Moment wartete.

„Dorothy?", sagte Mr. Gable, was sie aufblicken ließ.

Sie nahm Paisley auf den Arm und drückte die kleine Hündin an ihre Brust, als wäre sie eine Schmusedecke. Diese Schüchternheit kannte ich von ihr überhaupt nicht!

„Ja, Grant?", murmelte sie in Paisleys Fell, nachdem sie einen tiefen Atemzug genommen hatte.

Seine Stimme zitterte, als er fragte: „Würdest du gerne den Valentinstag mit mir verbringen?"

Meine Großmutter neigte den Kopf leicht zur

Seite. „Sicher, warum nicht? Du meinst, als Freunde?"

Nein, Grandma! Nein!, wollte ich schreien, tat es aber nicht.

Der Juwelier schaute besorgt zu Charles hinüber, der ihm aufmunternd zunickte.

„Nein", antwortete der gute Mr. Gable sichtlich nervös. „Ich meinte, als Date. Unser erstes Date."

Grandma errötete und streichelte Paisley einen Moment lang weiter. Schließlich begann sie zu strahlen. „Das fände ich schön", erwiderte sie bedächtig, und in dem Augenblick kam sie mir vor wie die Heldin in einem alten Spielfilm.

„Ich auch", erwiderte Mr. Gable mit einem Ausdruck, als hätte er gerade den Jackpot gewonnen. In gewisser Weise hatte er das ja auch. So anstrengend meine Grandma auch manchmal sein mochte, so war sie doch ein absoluter Schatz und mein allerliebster Lieblingsmensch. Daher konnte ich es Mr. Gable nicht verdenken, einen Narren an ihr gefressen zu haben.

„Jetzt muss ich aber wirklich gehen" Grandma trat einen Schritt zurück und stieß dabei versehentlich gegen einen der Ausstellungstische.

„Bis bald, Mr. Gable!", rief ich, während ich

meine unbeholfene Großmutter sanft in Richtung Ausgang schob. „Bye!"

Als wir wieder an der frischen Luft waren, straffte sie den Rücken und fuhr sich mit den Fingern durch die Haare. „Nun, das war ziemlich unerwartet."

„War es das?", stichelte ich. „Hast du mir nicht gerade erst heute Morgen erzählt, dass du dich nur für das Bootcamp angemeldet hast, weil ..."

„Angie!", rief Grandma empört und gab mir einen leichten Klaps auf den Arm. „Das geht dich nichts an! Außerdem will ich nicht, dass Grant das mitbekommt."

„Was hat denn das Bootcamp mit Mr. Gable zu tun?", erkundigte sich Paisley neugierig, wobei sie den Kopf schräg legte.

„Das erkläre ich dir, wenn du älter bist", flüsterte ich und kraulte ihr den Kopf.

„Fahren wir jetzt nach Hause?", fragte der Chihuahua, als wir uns alle in Richtung Parkplatz bewegten.

„Du, Grandma und die Kätzchen schon", antwortete ich. „Charles und ich haben hier noch eine Kleinigkeit zu erledigen."

„Okay, tschüüüss!", flötete sie und rannte hinter Großmutter her, die praktisch davonschwebte.

„Tschüss, bis gleich!", riefen wir ihnen nach.

Dann drehte Charles sich zu mir um und fragte: „Und jetzt das Blut?"

Ich nickte. „Mr. Gable hat uns gesagt, wo er die Kätzchen gefunden hat, also schauen wir uns dort mal um."

„Na dann geh du vor, ich folge dir unauffällig", meinte er und legte seine Hand auf meinen Rücken.

Das Stadtzentrum von Glendale war nicht sehr groß, sodass wir keine zehn Minuten brauchten, um den etwas außerhalb gelegenen Parkplatz am anderen Ende zu erreichen. Von dort aus bogen wir in die Gasse ein, die Mr. Gable erwähnt hatte.

„Wahrscheinlich hätten wir Paisley besser mitgenommen", seufzte ich und ärgerte mich, dass ich nicht schon früher daran gedacht hatte. „Sie hätte das sofort erschnüffeln können."

Charles blieb abrupt stehen. „Sollen wir sie holen gehen?"

„Nein, wir schaffen das auch so. Wir müssen nur die Augen offenhalten und genau darauf achten, wo wir langlaufen."

„Wonach suchen wir denn konkret? Nach blutigen Pfotenabdrücken?"

Ich heftete den Blick auf den Boden vor mir, damit mir nur ja nichts entging. „Ja, etwas Besseres fällt mir nicht ein."

„Schau mal da." Er zeigte auf einen großen, grünen Müllcontainer, der im unteren Bereich undicht zu sein schien. Das Loch war so groß, dass selbst ein größeres Tier hineinschlüpfen konnte, und vor dem Container waren tatsächlich kleine rote Pfotenabdrücke erkennbar. Als wir uns näherten, drang plötzlich ein unheimliches Rascheln aus dem Inneren zu uns heraus.

„Bleib zurück!" Charles streckte den Arm aus, um mich aufzuhalten. Es war ja nett, dass er mich beschützen wollte, doch dabei hatte er wohl eine entscheidende Tatsache vergessen – ich war diejenige, die mit Tieren sprechen konnte!

„Wer ist da drin?", rief ich. Wir hatten einen langen, harten Winter gehabt, der immer noch andauerte, sodass die einheimischen Wildtiere mitunter verzweifelt nach Futter suchten.

Bei dem Tier in dem Container konnte es sich um einen Fuchs oder einen Kojoten handeln, aber auch ein Luchs oder andere potenziell gefährliche Raubtiere waren nicht auszuschließen. Ich hatte noch nie mit Tieren gesprochen, die einer dieser Arten angehörten, und wusste daher nicht, wie schwierig es sein würde, mit ihnen zu kommunizieren. Und das beunruhigte mich.

„Hey!", rief ich nachdrücklich. „Du da, in der

Mülltonne. Komm raus, dann passiert dir auch nichts." Natürlich würde ich nie ein Tier verletzen, aber ich brauchte ein Druckmittel, auch um Charles zu schützen.

Im nächsten Moment steckte ein großer Hund den Kopf aus dem Loch und kam herausgekrochen. Er sah verwahrlost aus, und an seiner Schnauze klebte Blut in seinem verfilzten Fell. „Tu mir nicht weh", jammerte er. „Ich wollte nur schnell einen Bissen essen."

Erleichtert trat ich näher an ihn heran. „Mein Name ist Angie. Und wie heißt du?"

Er wimmerte, die Ohren flach an den Kopf gelegt. „Ich habe keinen Namen. Man braucht ein Zuhause, um einen Namen zu haben, und das hatte ich noch nie."

„Könnte ich dir geben, wenn du willst", bot ich ihm mit sanfter Stimme an. Der arme Kerl.

„Ein Zuhause?", jaulte er überrascht. „Nichts wünsche ich mir sehnlicher."

„Ich meinte einen Namen, aber ich denke, ein Zuhause könnte ich auch für dich finden. Würdest du mir zuerst bei etwas helfen?"

„Ich tu alles für dich!", bellte er und hechelte aufgeregt, wobei ihm die Zunge seitlich aus dem Maul hing.

„Was isst du da drin?", fragte ich und reckte den Hals, konnte aber rein gar nichts erkennen.

„Warte, ich zeig's dir!", rief er, kroch zurück in den Müllcontainer und zerrte kurz darauf einen blutigen Kadaver heraus, den er mir vor die Füße legte – zum Glück nicht darauf.

„Igitt. Was ist das?"

„Nicht igitt. *Köstlich.*" Der streunende Hund leckte sich über die Lefzen. „So einen fetten Happen finde ich nur selten."

„Was ist das?", fragte ich angewidert. So gerne ich auch höflich sein wollte, aber bei dem Anblick und vor allem bei dem Geruch seiner halb verzehrten Mahlzeit drehte sich mir der Magen um.

„Sieht aus wie ein überfahrenes Tier", sagte Charles.

„Warum lag es in der Mülltonne?"

„Gute Frage. Glaubst du, dass die Kätzchen sich da drin rumgetrieben haben, bevor Mr. Gable sie gefunden hat?"

„Kätzchen? Du meinst, Katzenwelpen?", fragte der Hund, neigte den Kopf zur Seite und musterte uns aus seinen traurigen, dunkelbraunen Augen.

„Ja, Katzenwelpen", bestätigte ich ihm lächelnd.

„Sie waren diejenigen, die dieses köstliche Festmahl zuerst entdeckt haben, aber dann wurden sie von einem Mann entführt, bevor sie sich satt essen konnten, und daraufhin habe ich nicht lange gezögert."

Ach, so war das also. Das war das fehlende Puzzleteil, nach dem wir gesucht hatten. Nun ergab die ganze Geschichte der mysteriösen Kätzchen mehr Sinn. Kein Wunder, dass sie diesen Bärenhunger gehabt hatten. Ihre erste Mahlzeit seit wer weiß wie langer Zeit war unterbrochen worden.

„Danke für deine Hilfe", sagte ich zu dem Hund, und dann kam mir eine Idee: „Hey, wie gefällt dir der Name ‚Digger'? Ich dachte, weil du ja ein Profi-Buddler zu sein scheinst, so wie du da eben herumge-wühlt hast."

„Das ist perfekt!", bellte er begeistert. „Meine Mutter ist ein Airedale-Terrier, und die sind bekannt für ihre Buddelkünste."

Er war nun kein namenloser Streuner mehr und trottete dankbar zu mir herüber, wobei er bei jedem Schritt mit dem Schwanz wedelte.

„Dann ist es definitiv perfekt." Ich tätschelte ihn zwischen den Ohren, denn das schien mir noch die sauberste Stelle an ihm zu sein. „Hi, Digger. Freut mich, dich kennenzulernen. Dann komm mal mit uns, und wir werden sehen, was wir tun können, um ein Zuhause für dich zu finden."

19

Glücklicherweise hatte Mr. Gable noch eine Plane übrig, die er im Sommer beim Streichen seiner Werkstatt benutzt hatte. Er war sofort bereit, sie uns zu leihen, damit wir Schmutzfink Digger zu mir nach Hause bringen konnten, ohne danach den Autorücksitz reinigen zu müssen.

Paisley nahm den neuen, viel größeren Hund auf der Stelle unter ihre Fittiche. Sie kam geradewegs auf ihn zu und stellte sich auf die Hinterbeine, um das obligatorische Popo-Beschnüffeln vorzunehmen.

„Hallo, ich heiße Paisley!", rief sie, während sie ihm erlaubte, sich zu ihr herunterzubeugen und an ihr zu schnuppern.

„Mein Name ist Digger", antwortete der andere

Hund stolz, weil er endlich einen Namen hatte, mit dem er sich vorstellen konnte.

„Ich werde dir alles darüber beibringen, wie man ein gutes Haustier ist!", versicherte sie ihm. Zunächst wollte sie ihm den Garten zeigen, jedoch passte Digger nicht durch unsere Haustierklappe, also musste ich ihm die Tür öffnen, um ihn rauszulassen.

„Wo sind die Kätzchen?", fragte ich Grandma. Es überraschte mich, dass sie nicht bei ihr im Wohnzimmer waren.

„Oben bei Octavius im Fischzimmer", antwortete sie beiläufig zwischen zwei Schlucken Tee.

„Lass ihn bloß nicht hören, dass du es so nennst", warnte ich sie augenzwinkernd. „Hast du die anderen Samtpfötchen auch schon vermittelt?"

„Nicht direkt, aber vielleicht. Ich muss noch mit ein paar Leuten sprechen." Sie lächelte über den Rand ihrer Teetasse hinweg, bevor sie einen weiteren genüsslichen Schluck nahm.

„Könntest du auch ein neues Zuhause für Digger finden?"

„Ich werde sehen, was ich tun kann", versprach sie und stellte ihre Tasse wieder auf den Tisch. „Möchtest du auch einen Tee?"

Ich schüttelte den Kopf. „Nein, danke."

„Ich meinte Charles." Sie wandte sich an meinen Freund. „Wie wär's mit einem Tässchen?"

„Sorry, ich bin kein großer Fan von …"

„Ach, komm schon. Wir beide müssen uns ein wenig unterhalten", drängte sie, stand auf und ging in Richtung Küche.

Als mir klar wurde, dass sie mit Charles unter vier Augen reden wollte, ging ich hinauf in Octocats Zimmer, um nach den Kätzchen zu sehen, was ich ohnehin vorgehabt hatte.

Der Anblick, der sich mir bot, war so niedlich, dass es mir beinahe den Atem verschlug. Die beiden verbliebenen Mini-Samtpfoten lagen dicht an meinen Kater gekuschelt, und alle drei machten zusammen ein Nickerchen.

Ich wollte mich gerade umdrehen und wieder hinausschleichen, als Octocats große, bernsteinfarbene Augen aufblitzten und er flüsterte: „Warte".

Er erhob sich so vorsichtig, dass die beiden Kleinen friedlich weiterschlummerten. „Ich möchte etwas mit dir besprechen", sagte er, als er bei mir angelangt war. „Lass uns auf den Flur gehen."

„Was ist los?", fragte ich neugierig.

„Die kleinen Strolche sind gar nicht so schlimm, weißt du. Als sie hier ankamen und überall herumsprangen, fand ich das zunächst ziemlich anstrengend, aber ehrlich gesagt habe ich sie gerne um mich", erklärte er mit einem wehmütigen Seufzer.

„Willst du damit sagen, dass du sie behalten willst?"

„Ach was, nein!", brummte er. „Das wäre mir dann doch zu viel. Aber sie haben mich an meine eigene Kätzchenzeit erinnert. Habe ich dir schon erzählt, dass ich eines von sieben Geschwistern war?"

„Du hast es ein, zwei Mal erwähnt." *Oder zwanzig Mal.*

„Der heutige Tag hat mich an meine eigenen Brüder und Schwestern denken lassen. Ich habe sie nicht mehr gesehen, seit Ethel mich vor all den Jahren adoptiert hat."

„Du vermisst sie bestimmt." Ich strich ihm mit der Hand über den Rücken und hoffte, er würde die tröstliche Geste zu schätzen wissen und nicht nach mir schlagen.

Er drückte sich gegen meine Hand und schnurrte. „Ja und nein. Ich bin auf jeden Fall froh, eine Einzelkatze zu sein, aber ich frage mich, ob aus ihnen auch so tolle Katzen geworden sind wie ich."

„Du willst sie ausfindig machen?"

Mein Kater nickte. „Ja, ich glaube, das würde ich gern."

„Ich denke, es macht Sinn, wenn wir unsere

detektivischen Fähigkeiten hin und wieder für unsere eigenen Interessen einsetzen."

Er lächelte, hielt eine Pfote hoch, und wir klatschten uns ab. „Genau!"

„Bist du sicher, dass du nicht doch eines der Kätzchen behalten willst?", hakte ich nach. Es gefiel mir, dass die Kleinen seine sanfte Seite zum Vorschein brachten. Womöglich würde es ihm helfen, sich zu entspannen, wenn er dauerhaft einen Kumpel oder eine Kumpeline an seiner Seite hätte.

Er erschauderte und kehrte mir den Rücken zu. „Absolut sicher."

„Okay. Dann lasse ich dich mal in Ruhe, damit du mit deinem Nickerchen weitermachen kannst."

„Danke, Angela", sagte er, bevor er durch die Tür, die ich ihm wieder geöffnet hatte, zurück in sein Zimmer schlüpfte. Ich konnte ihm nicht verübeln, dass er seine vermisste Familie finden wollte. Schließlich befand ich mich in einer ähnlichen Situation – und dass meine Cousine Maggie kürzlich in mein Leben getreten war, erfüllte mich definitiv mit großer Freude.

Nachdem ich mich nun vergewissert hatte, dass die Kätzchen bei Octocat in guten Pfoten waren, ging ich wieder nach unten, weil ich Charles um einen kleinen Gefallen bitten wollte.

„Könntest du schnell noch etwas für mich besorgen? Ich brauche Futter für große Hunderassen und ein paar Steaks.“

Er nahm den letzten Schluck seines Tees und fragte dann: „Wie viele Steaks?“

„Ähm, zwanzig sollten genügen“, antwortete ich nach kurzer Überlegung.

Charles lachte. „Du willst wohl deine Schulden begleichen, was?“

„Ja, und wenn du dort zufällig einen Fernseher, eine Nerf-Gun oder ein Nunchaku findest, weißt du, was du zu tun hast, oder?“

„Was ist mit den Hummerbrötchen?“, fragte er mit einer hochgezogenen Augenbraue.

„Die können ein paar Tage warten. Heute gibt es Steak zum Abendessen.“

Während Charles unterwegs war, wollte ich Digger baden, aber zuerst brauchte ich eine kurze Verschnaufpause. Ich nahm neben Grandma Platz, die gerade auf ihrem Telefon herumtippte und dabei verträumt lächelte.

„Lass mich raten. *Diamond Guy?*“, zog ich sie auf.

Sie schnalzte mit der Zunge. „Meine Güte, es gibt auch noch andere Dinge in meinem Leben, die mir wichtig sind“, schimpfte sie.

„Trotzdem muss es doch ganz schön aufregend

sein, dass ihr endlich euer erstes offizielles Date haben werdet."

Grandma runzelte einen Moment lang die Stirn, bevor sie wieder lächelte. „Ich wünschte nur, ich hätte vorher noch ein paar Stunden im Bootcamp gehabt. Aber – ja – ich bin sehr aufgeregt."

„Wenn du dir nicht mit Mr. Gable schreibst, mit wem dann?", sagte ich, wobei ich versuchte, einen Blick auf ihren Bildschirm zu erhaschen. „Du betrügst ihn doch nicht schon?"

Sie schaute mich eher traurig als wütend an. „Oh, Angie. Ich habe zwar viele Gesichter, aber vor allem bin ich eine ehrliche Haut. Das solltest du eigentlich wissen."

„Und?", fragte ich, weil sie immer noch nicht auf meine erste Frage geantwortet hatte. „Mit wem chattest du dann?"

Sie verdrehte die Augen. „Du bist manchmal so was von neugierig, weißt du das?"

„Keine Ahnung, von wem ich das habe." Ich zwinkerte, und sie zwinkerte zurück.

„Ich schreibe meiner guten Freundin Gertie."

Ah, Gertie. Ich hatte sie noch nie getroffen, wohl aber ihren Hund Cujo. Grandma hatte mich mehrere Male mitgeschleppt, um mit ihm joggen zu gehen, und dann hatte der riesige Husky-Mischling mir letzten Monat tatsächlich das Leben gerettet, und dafür war ich ihm natürlich irre dankbar.

Grandma fuhr fort. „Erinnerst du dich, dass sie Schwierigkeiten hat, Cujo genügend Bewegung zu verschaffen, seit ihr Enkel auf dem College ist?"

Ich nickte.

„Ich habe ihr gerade vorgeschlagen, einen Spielkameraden für ihn zu adoptieren. Du und ich werden weiterhin mit Cujo trainieren, aber es wäre doch toll, wenn er einen Freund hätte, der ihm ansonsten Gesellschaft leistet, was meinst du?"

Ich schnappte aufgeregt nach Luft. „Digger?"

„Digger", bestätigte sie.

„Das wäre super", rief ich und umarmte sie fest.

„Ich habe auch schon eine Idee, an wen wir die letzten beiden Kätzchen eventuell vermitteln können", verriet Grandma. Wow, sie war echt gut darin. Vielleicht sollte sie im örtlichen Tierheim nicht nur bei Spendenaktionen mitmachen.

„Wirklich? Wer?", fragte ich begeistert, weil ich mich so darüber freute, dass all die Tiere an diesem Tag ein neues Zuhause gefunden hatten.

Sie schüttelte den Kopf und erhob den Zeigefinger. „Das ist noch nicht spruchreif, aber sobald es so weit ist, bist du die Erste, die es erfährt, versprochen."

Ich reckte gähnend die Arme in die Luft und

zwang mich aufzustehen. „Dann bringe ich Digger wohl mal besser in die Badewanne.“

„Bevor du gehst, möchte ich etwas zurücknehmen, was ich heute zu dir gesagt habe.“

Verwirrt starrte ich sie an. „Was willst du denn zurücknehmen?“

„Ich bin wirklich froh, dass du dich für Charles entschieden hast. Er ist ein guter Mann.“

„Weißt du …“, begann ich und erzählte ihr, wie bereitwillig er auf seine besondere Valentinsüberraschung verzichtet hatte, um sie Grandma und Mr. Gable zu schenken.

Sie nickte berührt. „Ich danke euch beiden dafür. Aber falls es noch nicht zu spät ist, würde ich das Streichquartett gerne bitten, etwas anderes als Achtzigerjahre-Cover zu spielen.“

20

ach unserem Abendessen, für das wir sage und schreibe zwanzig Steaks brieten, verabschiedete Charles sich und fuhr zurück nach Hause. Es tat mir leid, dass unser gemeinsamer Tag, der ganz entspannt hätte sein sollen, so hektisch geworden war und dass er auch noch seine große Valentinsüberraschung geopfert hatte. Deshalb schwor ich mir, das wieder gutzumachen, indem ich selbst einige besondere Überraschungen für ihn plante.

Als der Freitag kam, hatte ich alle Hände voll zu tun. Nach meinem Guten-Morgen-Anruf bei Charles, der bis zum frühen Abend arbeiten musste, verbrachte ich den Vormittag mit Grandma und Paisley, bis sie zu einem ihrer Kunstkurse aufbrachen.

Die letzten beiden Kätzchen waren am Abend zuvor in ihr neues Zuhause umgezogen, was bedeutete, dass Octocat und ich das Haus für die nächsten paar Stunden für uns allein hatten.

„Alles Gute zum Valentinstag", trällerte ich und stellte eine riesige Schachtel vor ihn auf den Boden.

Seine Augen leuchteten auf, als er das Ungetüm aus Pappe erblickte. „Für mich?", japste er hocherfreut.

„Jep. Und da ist sogar noch eine Überraschung *in* der Schachtel."

Er hob eine Pfote an die Brust. „Zwei Geschenke auf einmal? Ich bin gerührt."

Es war wirklich nicht leicht gewesen, diese Überraschung in den letzten Tagen vor ihm zu verbergen, und ich war gespannt wie ein Flitzebogen auf die große Enthüllung. „Na los, mach schon auf", rief ich ungeduldig.

Octocat sprang in die Schachtel, und wenige Sekunden später steckte er den Kopf wieder heraus, mit einem satinblauen Stück Stoff im Maul. „Was ist das?", murmelte er irritiert.

„Das ist eine Fliege", erklärte ich. „Ich dachte, du könntest sie heute Nachmittag bei deinem Videodate mit Grizabella tragen."

„Oh, die passt genau zu ihren schönen saphirblauen Augen", meinte er, nachdem er sie vorsichtig auf den Boden gelegt hatte.

„Ja, genau deswegen habe ich sie ausgesucht. Und da ist übrigens auch noch eine grüne Fliege drin."

Er sah mich mit zusammengekniffenen Augen an und neigte den Kopf leicht zur Seite – ein sicheres Zeichen dafür, dass Paisley ein wenig auf ihn abzufärben begann.

„Warum grün?", fragte er. Ich hielt mir die Hand vor den Mund, um mein Grinsen zu verbergen, bis bei ihm der Groschen fiel, was einige Sekunden dauerte. Dann rief er schwärmerisch aus: „Grün. Herrliches Grün! Bedeutet das etwa ...?"

„Ja, das bedeutet, dass ich dich zum St. Patrick's Day zu Grizabella fahre. Das heißt, wenn du das immer noch willst."

Vor lauter Freude bekam er einen Anfall von Hyperaktivität, was bei ihm wirklich sehr selten vorkam. Er raste in einem Affenzahn die Treppe hinauf und wieder hinunter, um sich danach zu meinen Füßen niederzulassen. Ich streckte die Hand aus, um ihn zu streicheln, aber dazu kam ich erst gar nicht, denn er leckte mir sogleich die Fingerspitzen ab. „Du bist ein sehr guter Mensch, und ich habe dich sehr lieb, Angela".

Ich streichelte seinen weichen Rücken. „Oooh, ich dich auch. Bist du jetzt bereit für einen FaceTime-Plausch mit deiner Süßen?"

„Ja! Ja! Ja!"

Ich befestigte die blaue Fliege an seinem Halsband und zeigte ihm im Selfie-Modus meines Handys, wie er damit aussah. „Ich bin ein sehr gut aussehender Kater, oder etwa nicht?"

Ich nickte zustimmend. „Grizabella kann sich glücklich schätzen, dich zu haben."

„Und ich habe Glück, dass ich dich habe", säuselte er, bevor er seine volle Aufmerksamkeit auf sein iPad und das anstehende Gespräch mit seiner Freundin richtete.

Mein Herz hüpfte vor Freude bei diesen Worten. Liebesbekundungen von einer Katze zu bekommen, war selten – insbesondere von Octocat –, und deshalb machten sie mich jedes Mal unglaublich glücklich.

* * *

Pünktlich um fünf Uhr stellte ich mein Auto auf dem Parkplatz vor Charles' Anwaltskanzlei, „Longfellow & Associates", ab. Er hatte keine Ahnung, dass ich vorbeikommen würde, aber das gehörte zu meinem Überraschungsplan.

Es war ein seltsames Gefühl, wieder an dem Ort zu sein, an dem unsere Liebesgeschichte begonnen hatte – und auch dort, wo ich fast gestorben und dann mit der verrückten Fähigkeit aufgewacht war, mit Octocat sprechen zu können. Die Kanzlei hatte mir während meiner kurzen Zeit dort wirklich viel Gutes beschert – Liebe, Freundschaft, eine Katze, ein Zuhause und Zugang zu einem beeindruckenden Treuhandfonds – und für all das würde ich auf ewig dankbar sein.

Doch heute ging es ganz allein um Charles Longfellow und mich. Als er mich hereinkommen sah, sprang er von seinem Schreibtisch auf und nahm mich in die Arme. „Was machst du denn hier? Ich wollte gerade Feierabend machen und zu dir kommen."

„Ich entführe dich jetzt. Also los, lass uns gehen."

„Oh, wow. Okay, warte, ich schalte nur eben den Computer aus …"

„Ach was, schließ einfach die Tür ab und komm

mit mir. Wir haben keine Zeit zu verlieren." Ich ergriff seine Hand und zog ihn mit. Kurz darauf stiegen wir in mein Auto ein, und los ging's.

„Wohin fahren wir?", fragte er mich mit einem breiten Grinsen.

Ich zuckte mit den Schultern und hielt den Blick auf die Straße gerichtet. „Es ist nicht so ausgefallen wie das, was du dir ausgedacht hattest, aber es passt ziemlich gut zu uns, denke ich."

„Sag es mir, sag es mir!", bettelte er spielerisch.

Ich holte tief Luft und schüttelte den Kopf. „Ich verrate dir nicht, was wir machen, aber ich werde dir erklären, warum."

„Okay, schieß los!"

Ich fuhr mir mit der Zunge über die Lippen, bevor ich weitersprach. Zwar hatte ich meine kleine Ansprache schon ein paar Mal geübt, allerdings nach wie vor ein wenig Angst, dass sie falsch ankommen könnte.

„Das erste Mal getroffen haben wir uns in der Kanzlei, deshalb war das heute der Startpunkt für unseren Ausflug. Natürlich gibt es viele Paare, die sich bei der Arbeit kennenlernen, aber unsere Beziehung war schon immer ein bisschen anders und etwas Besonderes, wie du letztes Wochenende so treffend angemerkt hast. Eigentlich wolltest du da ja einen entspannten, romantischen Tag mit mir verbringen, aber dann hat sich doch mal wieder alles ganz anders entwickelt. Also haben wir kurzerhand unsere Pläne über den Haufen geworfen, um denen zu helfen, die unsere Hilfe am nötigsten brauchten. Überleg doch mal. Als wir uns damals näher kennenlernten, haben wir dafür gesorgt, dass Brock Calhoun von den Mordvorwürfen gegen ihn freigesprochen wurde, und außerdem einen verlorenen kleinen Hund wieder mit seinem Menschen zusammengebracht. Als es dann zwischen uns ernster wurde, haben wir Octocat vor einem Entführer gerettet und verhindert, dass die habgierige Verwandtschaft seiner früheren Besitzerin ihm seinen Treuhandfonds wegnahm. Letztes Wochenende haben wir fünf ausgesetzte Kätzchen und einen streunenden Hund gerettet und allen ein neues Zuhause vermittelt."

Charles nickte zustimmend, dann runzelte er die Stirn. „Ja. Da hast du wohl recht. Wünschst du dir manchmal, wir würden mehr Zeit mit normalen Dingen verbringen, was man als Paar halt so macht?"

„Auf keinen Fall!", protestierte ich. „Ich liebe dich, und ich finde uns gut so. Es ist alles genau richtig."

„Ich liebe dich auch, meine kleine Miss Doolittle." Er drückte meine Schulter und beugte sich vor, um mir einen Kuss auf die Wange zu drücken, dann fragte er beiläufig: „Und was machen wir am Valentinstag?"

„Haha, netter Versuch", konterte ich. „Aber du musst dich nicht mehr lange gedulden. Wir sind fast da."

Zehn Minuten später erreichten wir unser Lieblingsrestaurant, das Little Dog Diner in Misty Harbor, auf der anderen Seite der Bucht.

„Dieses Restaurant war irgendwie schon immer etwas Besonderes, nicht wahr?", merkte Charles an, als wir uns Hand in Hand dem Eingang näherten. „Weißt du noch, als wir hierherkamen, nachdem wir den wahren Hayes-Mörder geschnappt hatten?"

„Na klar. Und weißt du noch, wer damals mit dabei war?"

In diesem Moment erblickten wir Grandma, Mr. Gable und meine Eltern, die uns von einem großen Tisch am Fenster aus zuwinkten.

Charles drehte sich neugierig zu mir um. „Ich dachte, Grandma und Grant würden zu dem Date gehen, das ich ursprünglich für uns geplant hatte?"

Ich drückte seine Hand und lehnte meinen Kopf einen Moment lang gegen seine Schulter. „Ach, Charles, wir beide spielen doch gerne die Retter in der Not, oder? Das hatten wir ja eben schon festgestellt. Und die beiden sind einfach immer noch zu nervös, um allein miteinander zu sein, also werden wir ihnen ein wenig Gesellschaft leisten, um das Eis zu brechen. Und weißt du, was wir beide auch noch gemeinsam haben? Wir verbringen gerne Zeit mit unseren Lieblingsmenschen, warum also nicht auch am Valentinstag? Na ja, zumindest für eine Weile."

Lächelnd gingen wir hinein zu den anderen. Meine Mutter sah hinreißend aus in ihrem rosa Zopfstrickpullover. Sie war wahrscheinlich der einzige Mensch, der in einem solch gewöhnlichen Winterpulli so glamourös wirken konnte. Sie umarmte mich stürmisch und küsste mich auf beide Wangen. „Wir bleiben nur auf einen schnellen Drink", zwitscherte sie.

„Nochmals vielen Dank, dass du dieses exklusive Dinner für uns organisiert hast", sagte mein Vater und zog meinen Freund für eine kurze Männerumarmung an sich, gefolgt von ein paar freundschaftlichen Klopfern auf den Rücken.

„Wir teilen", verriet ich lächelnd, denn das war das Beste an meinem Plan für den heutigen Abend. „Meine Eltern bekommen das Dinner und wir das Streichquartett."

Charles lachte, und ich stieß ihn sanft in die Rippen.

„Was? Glaubst du etwa, ich lasse mir einen romantischen Tanz unterm Sternenzelt zu all meinen Lieblingsklassikern aus den Achtzigern entgehen?"

„Nein, das konnte ich mir auch nicht vorstellen." Nach einem Moment fragte er: „Du hast gesagt, dass wir das Date, das ich geplant habe, aufteilen. Aber was bekommen denn dann Grandma und Grant?"

„Sie werden natürlich die Schneeballschlacht machen. Das ist genau das Richtige, um lockerer miteinander zu werden. Sie sind beide ziemlich aus der Übung in Sachen Dates." Ich betrachtete das frisch gebackene Paar und freute mich, dass sie am anderen Ende des Tischs Händchen hielten. Vielleicht brauchten sie gar nicht so viel Hilfe, wie ich erwartet hatte.

„Nehmt Platz, ihr beiden", rief Grandma uns zu und winkte uns heran, während ihre andere Hand weiterhin in Mr. Gables lag.

Die Kellnerin kam an unseren Tisch und schenkte allen ein Glas Wasser ein. „Wie ich sehe, ist der Rest Ihrer Gruppe jetzt auch eingetroffen. Wollen Sie schon etwas bestellen?"

„Vier Hummerbrötchen für hier und zwei zum Mitnehmen", erwiderte ich, während mir bereits das Wasser im Mund zusammenlief.

„Oh, das ist nett, Süße", sagte meine Mutter, „aber

dein Vater und ich brauchen nichts zum Mitnehmen."

„Also nur vier für hier?", fragte die Kellnerin und blickte mit gezücktem Bleistift von ihrem kleinen Schreibblock auf.

„Nein, noch zwei to go", bestätigte ich mit einem nachdrücklichen Nicken.

Nachdem sie gegangen war, flüsterte ich Mom zu: „Die sind nicht für euch gedacht, sondern für meinen frechen Kater und seinen noch frecheren Waschbärkumpel. Die Beiden haben mir mal wieder geholfen und deshalb noch was gut bei mir."

Wie geht es weiter?
Finde es schnell heraus …

Die Möwen-Mission **ist jetzt erhältlich.**

Sichere dir noch heute dein Exemplar, damit du direkt mit der Fortsetzung dieser verrückten Krimiserie weiterlesen kannst!

Und vergiss nicht, dich in Mollys Liste einzutragen,

damit du über alle Neuerscheinungen, monatlich stattfindende Verlosungen und weitere coole Aktionen (einschließlich jeder Menge Katzenfotos) informiert bleibst.

Hole dir noch heute dein persönliches Exemplar und fange direkt an zu lesen.
Katzengeheimnisse.com/abonnieren

WIE GEHT ES WEITER?

Just als ich die Hoffnung beinahe aufgegeben hatte, dass ich das letzte verschollene Mitglied meiner kürzlich aufgespürten Familie je finden würde, taucht eine Möwe namens Bravo auf, die mir ein verlockendes Versprechen gibt und mich gleichzeitig übel bedroht.

Bravo behauptet, er hätte mich schon lange beobachtet – sogar schon bevor ich meine seltsame Fähigkeit erlangte, mit Tieren zu sprechen. Nun soll ich ihm helfen, einen erbitterten Streit zwischen seinem eigenen und einem verfeindeten Schwarm zu schlichten. Wenn mir das gelingt, beteuert er, wird er mich persönlich zu der Person bringen, die ich unbedingt kennenlernen möchte. Wenn ich ihm jedoch die Unterstützung verweigere, wird er eine Armee von Spechten losschicken, um mein Haus zu zerstören. Ach du Schreck!

Leider habe ich Octocat bereits versprochen, mit ihm eine Reise quer durchs Land zu unternehmen, um seine Freundin in Colorado zu besuchen, zusammen mit Grandma und Paisley. Da wir also unterwegs sind, müssen Charles und Pringle in unserer Abwesenheit Nachforschungen anstellen.

Wird es ihnen gelingen, den Fall zur Zufriedenheit des Schwarms zu lösen? Welche schockierenden Geheimnisse hält Grandma noch vor mir verborgen? Und wie soll ich es schaffen, mehr als siebzig Stunden mit meinem jammernden Kater im Auto zu verbringen? Unser bisher ungewöhnlichstes Abenteuer stellt mich vor so einige Rätsel!

Hole dir noch heute dein persönliches Exemplar und fange direkt an zu lesen.

Viel Spaß!

KURZE VORSCHAU
DIE MÖWEN-MISSION

Alles begann mit einer uralten Kaffeemaschine, die schon vor Jahren hätte entsorgt werden sollen. Nach einem verhängnisvollen Stromschlag von diesem Ding erwachte ich mit der höchst ungewöhnlichen Fähigkeit, mit Tieren sprechen zu können.

Seitdem ist mein Leben voller Fellnasengeplapper. Man sollte meinen, dass ich nun mehr über die Welt um mich herum wüsste, weil ich die Tiere verstehen kann, aber das Gegenteil scheint der Fall zu sein, da ständig neue Rätsel auftauchen, in die ich hineingezogen werde. Ich schätze, deshalb habe ich eine Detektei gegründet ...

Hallo, übrigens. Mein Name ist Angie Russo, und es wäre unverzeihlich, wenn ich nicht erwähnen würde, dass mein Partner bei der Aufklärung von Verbrechen kein Geringerer ist als mein getigerter Kater – Octavius Maxwell Ricardo Edmund Frederick Fulton Russo, seines Zeichens Privatdetektiv. Sehr zu seinem Leidwesen habe ich mir angewöhnt, ihn kurz „Octocat" zu nennen.

Auf unsere erste Begegnung folgte geradewegs unser erster Fall, den wir gemeinsam lösten: der Mord an seiner früheren Besitzerin, die ihm einen stattlichen Treuhandfonds hinterließ, den ich nun verwalte. Daraus bezahlen wir unsere monatlichen Rechnungen und noch so einiges mehr, einschließlich der großen Villa in Blueberry Bay, zu deren Kauf er mich überredet hat. Und da wir dank widriger Umstände mit unserer Ermittlungsarbeit bisher leider genau null Dollar verdient haben, ist das geerbte Vermögen meines Katers wirklich ein Geschenk des Himmels für uns.

Meine Großmutter, mit der wir zusammenwohnen, unterstützt uns ebenfalls finanziell mit ihrer Rente, auch wenn ich sie schon oft gebeten habe, das doch sein zu lassen. Außerdem sorgt sie für unser leibliches Wohl, etwa mit köstlichen frischen Backwaren, und dekoriert unsere Wände mit allerlei skurrilen Kunstwerken – von Metallobjekten bis hin zu Teppichen aus handgesponnener Wolle ist alles dabei. Sie ist ein bisschen eigenwillig, aber dafür können wir uns immer darauf verlassen, dass es mit Grandma nie langweilig wird.

Eine weitere Mitbewohnerin von uns ist Paisley, eine kleine Hündin, die Grandma letztes Jahr aus dem Tierheim gerettet hat. Sie ist ein Tricolor-Chihuahua mit überwiegend schwarzem Fell. Paisley ist eine unverbesserliche Optimistin und immer gut drauf, ganz im Gegensatz zu unserem Waschbärnachbarn Pringle, der zwei Baumhäuser in meinem Garten bewohnt. Ja, es sind wirklich zwei, die obendrein beide mit einem Großbildfernseher ausgestattet sind. Pringle ist eine furchtbare Nervensäge und tanzt uns oft ganz schön auf der Nase herum.

Beispielsweise schert er sich nicht um die Privatsphäre anderer, vor allem nicht um meine. Kürzlich habe ich ihn dabei erwischt, wie er in meinem Handy herumgeschnüffelt und sogar ein Video von mir aufgenommen hat, um mich bei seiner Lieblings-Reality-Show anzumelden, obwohl ich da unter keinen Umständen mitmachen würde. Kaum zu glauben, ich weiß, und das ist noch längst nicht alles ...

Meine Eltern arbeiten beide als Reporter bei einem lokalen Fernsehsender, und mein Freund Charles ist der Seniorpartner der Anwaltskanzlei, wo ich als Assistentin tätig war, bevor ich Vollzeit-Detektivin wurde, beziehungsweise „Vollzeitarbeitslose", wie Pringle zu sagen pflegt.

Das alles wirft kein gutes Licht auf den Waschbären, das ist mir schon klar, aber im Grunde genommen ist er kein schlechter Kerl. Ich denke, dass er einfach nur oft ziemlich launisch ist und vielleicht auch ziemlich einsam. Immerhin ist er der Einzige hier, der niemanden an seiner Seite hat.

Grandma ist seit Kurzem mit dem örtlichen Juwelier Grant Gable zusammen, und die beiden sind einfach hinreißend. Ich habe natürlich Charles, und sogar Octocat führt eine Fernbeziehung, die er äußerst ernst nimmt. Seine Angebetete, eine wunderschöne Himalayakatze, ist ein ehemaliges Model und inzwischen eine Mini-Influencerin auf Instagram. Sie heißt Grizabella.

Paisley hat zwar keine romantische Beziehung, aber das stört die quirlige Hündin nicht im Geringsten, weil sie es einfach liebt, ein Teil unserer Familie zu sein.

Obwohl Pringle nicht zugeben will, dass er sich nach ein bisschen Liebe sehnt, nennt er seine Spielzeugpistole, eine Nerf-Gun, „Carla" und streichelt sie zärtlich, wenn er sich unbeobachtet fühlt.

Das mit der Nerf-Gun ist so extrem aus dem

Ruder gelaufen, dass ich neulich versehentlich zugestimmt habe, meinem Kater ein Nunchaku zu kaufen, damit er sich – und theoretisch auch mich – verteidigen kann. Das allerdings hat nur zu noch mehr lächerlichen Gewaltausbrüchen und mehrfach geprellten Schienbeinen meinerseits geführt – er kann wirklich nicht gut damit umgehen. Wahrscheinlich, weil er das eine Ende mit dem Maul festhalten muss, während er das andere durch die Luft schwingt. Dabei muss er sich außerdem auf die Hinterbeine stellen und den Hals zur Seite drehen. Ich schätze, bei seinen Angriffen hat er sich selbst mehr wehgetan als Pringle und mir.

Davon abgesehen halte ich es auch für ziemlich absurd, dass die beiden Vierbeiner eine Waffe benötigen, um den Alltag am Rande unseres beschaulichen, kleinen Städtchens Glendale zu meistern, aber vielleicht habe ich ja irgendetwas verpasst.

Zum Glück werde ich diese Woche Ruhe vor dem schießwütigen Waschbären haben, denn ich unternehme mit Octocat eine Reise quer durchs Land, damit er seine geliebte Grizabella in Colorado besuchen kann. Das wird eine ewig lange Fahrt von Maine aus werden, aber Grandma begleitet mich, sodass wir uns am Steuer abwechseln können. Ja, leider müssen wir das Auto nehmen, da Octocat sich nach wie vor weigert, in ein Flugzeug zu steigen.

Zugfahren war auch keine Option, denn das letzte Mal, als wir das probiert haben, wurden wir gleich in einen Mord verwickelt, sodass uns das Auto diesmal als die bessere Alternative erschien.

Übermorgen geht es in aller Frühe los, und obwohl ich mich anfangs gegen diese Reise gesträubt habe, freue ich mich nun trotzdem auf die kleine Auszeit. Hoffen wir nur, dass bis dahin nichts mehr Verrücktes passiert, womit bei uns ja stets zu rechnen ist …

* * *

ch hatte mich gerade mit einer dampfenden Tasse Kaffee in der einen und meinem E-Reader in der anderen Hand auf meinem Lieblingsplatz am Fenster niedergelassen, als Octocat ins Zimmer schlenderte. Er trug ein liniertes Blatt Papier im Maul.

„Hia füa dich", nuschelte er in meine Richtung. Dabei zuckte er angespannt mit dem Schwanz, was er meist dann tat, wenn er enttäuscht von mir war, wobei ich ja noch nicht einmal etwas gesagt hatte.

„Was auch immer es ist, kann das noch ein bisschen warten?", fragte ich sanft, obwohl ich bereits wusste, wie seine Antwort lauten würde.

Er spuckte den Bogen auf den Boden und starrte mich mit seinen bernsteinfarbenen Augen an, was mich immer leicht beunruhigte. „Nein. Es kann nicht warten. Wir haben ohnehin kaum noch Zeit. Heb das auf!", befahl er patzig.

Ich legte den E-Reader auf die Bank, stellte den Kaffee auf dem Schreibtisch ab und ging zu Octocat hinüber, um mir anzusehen, was mein dreister Kater mir denn da Dringendes mitzuteilen hatte.

Er ließ sich auf den Hintern plumpsen und musterte mich mit unverhohlener Verachtung, was er perfekt beherrschte, und ich schätze, jeder Katzenbesitzer weiß, wovon ich spreche. „Das ist meine Packliste für die Fahrt."

Ratlos betrachtete ich das Blatt Papier von beiden Seiten und schüttelte den Kopf. „Aber da steht doch gar nichts drauf."

„Korrekt. Du sollst dir ja auch alles aufschreiben", erwiderte Octocat mit einem dreifachen Schwanzzucken und begann, mir eine schier endlose Liste zu diktieren. „Zuerst brauche ich meine Fliegen, sowohl die grüne als auch die blaue. Außerdem benötige ich eine neue, goldene, die zu meinen Augen passt."

„Aber deine Augen sind nicht ..."

„Hast du dir das notiert?", grummelte er mit einem finsteren Blick, der mir eindeutig zu verstehen gab, dass er keinen erneuten Widerspruch duldete.

O Mann. Also schön. Ich hastete zu meinem Schreibtisch, während er weiter seine Wünsche herunterleierte, schnappte mir einen roten Tintenroller und fing wütend an mitzuschreiben, kam jedoch nicht so schnell hinterher.

„Eine Hörbuchausgabe von Dr. Romans Romantik-Ratgeber", brummte er.

„Bitte was war das Letzte?"

Mein Kater stöhnte genervt, um mir zu verstehen zu geben, wie frustrierend er mich wieder einmal fand. „Dr. Romans Romantik-Ratgeber. Als Hörbuch. Pass doch gefälligst auf."

Geschlagene zehn Minuten später war er endlich fertig mit seiner Liste. Sie füllte beide Seiten des mitgebrachten Papiers, und ich musste sogar die letzten Punkte auf meinen Handrücken kritzeln. Zweifellos würde es mich viele Stunden kosten, bis ich jeden Einzelnen davon abgearbeitet hatte – der Tag war gelaufen.

„Bist du sicher, dass du das alles für unsere Reise brauchst?", fragte ich ungläubig. „Einige dieser Sachen sind nicht gerade leicht zu bekommen."

Octocat nickte forsch. „Ich bin mir sicher."

„Aber …"

„Ich bin in meinem Zimmer, wenn du mich brauchst." Mit diesen Worten kehrte er mir den Rücken zu und stolzierte davon.

Was war noch mal der Grund, warum ich all das für ihn tat, während er sich nicht einmal dazu herabließ, auch nur ein kleines bisschen Dankbarkeit zu zeigen?

Je mehr Zeit ich mit meinem Kater verbrachte, desto weniger hatte ich das Gefühl, ihn wirklich zu verstehen. Hm, vielleicht würde dieser Roadtrip doch nicht so entspannend werden.

Hole dir noch heute dein persönliches Exemplar und fange direkt an zu lesen.

ÜBER MOLLY FITZ

Obwohl USA-Today-Bestsellerautorin Molly Fitz genau genommen nicht mit Tieren sprechen kann, führen sie und ihre drei tierischen Co-Autoren oft tiefgründige und lebhafte Gespräche, während sie den alltäglichen Dingen des Lebens nachgehen.

Molly lebt mit ihrem Kind und ihrem eigenen Privatzoo irgendwo in der Wildnis von Alaska. Gelegentlich wagt sie sich hinaus, um ein exquisites Essen zu genießen, einen guten Kaffee zu trinken oder neue Tierfreunde zu treffen.

Erfahre mehr über Molly und ihre deutschen Veröffentlichungen, indem du dich gleich für ihren Newsletter anmeldest:

www.katzengeheimnisse.com

MISS DOLITTLES GEHEIMNIS

Angie Russo hat sich gerade mit dem ersten sprechenden Katzendetektiv von Blueberry Bay zusammengetan. Gemeinsam mit seiner bunt zusammengewürfelten Schar menschlicher und tierischer Helfer ist Octocat fest entschlossen, jede Situation zu retten – solange sie nicht mit seinem persönlichen Zeitplan kollidiert.

Viel Spaß mit Band 1 – **Kommissar Katerchen**

MERLINS MAGISCHE ABENTEUER

Gracie Springs ist keine Hexe ... ihr Kater hingegen schon. Jetzt muss sie alles in ihrer Macht Stehende tun, um sein Geheimnis zu wahren, oder sie riskiert, den Rest ihres Lebens in einem magischen Gefängnis zu verbringen. Zu dumm, dass sie den Ärger geradezu magnetisch anzuziehen scheint!

Viel Spaß mit Band 1 – **Merlin findet eine Vertraute**

AGENTUR FÜR PARANORMALE ZEITARBEIT

Tawny Bigfords gewöhnlich zu nennendes Leben nimmt eine magische Wendung, als sie über die Leiche ihrer Vermieterin stolpert und von einer sprechenden schwarzen Katze rekrutiert wird, die Rolle der Verstorbenen als offizielle Stadthexe von Beech Grove, Georgia, zu übernehmen.

Viel Spaß mit Band 1 – **Eine Hexe für alle Gelegenheiten**

DAS GEISTERHAFTE GÄSTEHAUS (MIT TRIXIE SILVERTALE)

Sydney Coleman hat alles erreicht – und doch steht sie irgendwann vor dem Nichts. Gerade, als sie ihr neues Bed and Breakfast eröffnen will, stellt sich ihr ein Geistertrio auf Schritt und Tritt in den Weg. Die Geister bestehen darauf, dass sie den Mord an ihrer Herrin aufklärt, aber Sydney braucht dringend Geld. Wenn nicht bald ein paar zahlende Gäste eintreffen, ist ihre Spukvilla dem Untergang geweiht.

Viel Spaß mit Band 1 – ***Mörderischer Mondschein***

VERBINDE DICH MIT MOLLY

Wenn du ebenfalls ein großer Fan von spannenden, schrägen Tierkrimis bist, sollten wir unbedingt Freunde werden.

Wie wäre es, wenn du direkt einmal meine Facebook-Seite besuchst, die ich speziell für meine treuen deutschen Leser eingerichtet habe? Hier der Link dazu:

Facebook.com/Katzengeheimnisse

Oder melde dich für meinen Newsletter an und sichere dir als Abonnent gratis ein digitales Geschenkpaket, einschließlich einer exklusiven Kurzgeschichte über Octocat:

Katzengeheimnisse.com/Abonnieren